ダイヤモンド王の甘い策略

浅見茉莉

19639

JN267431

目次

口絵・本文イラスト／鈴倉　温

ダイヤモンド王の甘い策略

神戸《こうべ》のイベント会場で行われた新薬研究の国際コンベンションを終えて、羽田《はねだ》空港に降り立った高原幹也《たかはらみきや》は、帰宅前に青山《あおやま》にあるオフィスへと立ち寄った。出張旅費精算は迅速《じんそく》にと、日ごろから事務員に口うるさく言われている。

大学卒業後、通訳派遣《はけん》会社グランアシストに籍《せき》を置いて五年目になる。まだまだ若手の部類だが、日、英、独、仏、露《ろ》を同時通訳できる語学力を買われて、仕事は引きも切らない。

通訳という仕事は特別な資格を必要としない代わりに、実務能力が問われるので、幹也には適していた。これも十代まで父の赴任《ふにん》先に家族でついて回った賜物《たまもの》だ。

幹也の父は領事で、幹也も生後半年から主にヨーロッパの国々に、数年サイクルで居住した。日本語を覚えるのと並行して、その国の言葉も覚えたようなものだ。

高校卒業後は単身日本に戻《もど》り、大学は帰国子女枠《わく》で入学した。両親は息子《むすこ》にも外交官になってほしかったようだが、幹也は公務員試験を受けることなく、現在の会社に職を決めた。間近で見てきた父の仕事もやり甲斐《がい》があって魅力《みりょく》的だったが、それよりも幼いころから目指すものがあったのだ——。

オフィスは表参道《おもてさんどう》から一本奥に入った通りにあるビルの二フロアを占《し》める。

「ただ今帰りました」

エレベーターを降りた幹也はガラスドアを開け、受付係に軽く手を上げた。外部来訪者に対するイメージ戦略なのか、受付係は日英ハーフの美人だ。しかし生まれも育ちも東京の下町で、英語は片言、しかも父親譲《ゆず》りのブロークンイングリッシュ。

「お疲《つか》れ、幹也。岸《きし》マネが待ってるよ」

「ありがとう」

岸は幹也の直属の上司に当たる。通訳の采配《さいはい》を一手に引き受けながら、本人は映画好きが高じて字幕の翻訳《ほんやく》業もこなしている。

幹也は通路を進み、岸のマネージャー個室をノックした。ドアは開いているので、すでに岸の姿が見える。

「おっ、帰ったか」

四十を過ぎたばかりだというのに、額がずいぶん広くなっている。幹也が勤め始めてからでも、生え際《ぎわ》が一センチは後退しただろうか。

「はい、なにごともなく」

「うん、ヘルダー氏からメールが来てる。褒《ほ》めてたぞ。専門用語にも詳《くわ》しくて、実にストレスなく会議ができたとさ」

「そうですか。よかった」

身振《みぶ》りで座るように示され、ソファに腰《こし》を下ろすと、書類を手にした岸も幹也の向かい側に座を占めた。

「さっそくだけど大口スケジュールの変更《へんこう》だ。来月の頭から来日食品会社のエスコートの予定だったが、これを他《ほか》の奴《やつ》に振る。急に割り込みが入った」

「あ、そうですか」

スケジュールは大まかに一か月程度先までが組まれ、週単位で隙間《すきま》を埋《う》めるように小さい仕事が入ってくる。入れ替《か》えが生じることもままあった。より適任だと思う通訳を配して、他の者が開いた穴を埋める。

差し出された書類をなにげなく受け取った幹也は、依頼《いらい》内容を目にして顔を上げた。

「……これ――」

「そうだ。念願のハイメンダール王国だぞ」

岸はにんまりと口端《こうたん》を上げた。

幹也はもう一度書類に目を落とす。間違《まちが》いない。依頼主はフジ電工――国内でも主力級の家電機器メーカーだ。商談のために来日するハイメンダール王国の企業《きぎょう》の通訳を依頼してきた。

ハイメンダール王国はバルト海に位置する島国で、小国ではあるが石油や天然ガスなどの地下資源とダイヤモンドを産出する豊かな国だ。中世ヨーロッパで活躍《かつやく》したヴァイキングの末裔《まつえい》が、建国の礎《いしずえ》を築いたと言われている。

そのヴァイキングの暗号が基《もと》になったという言語は独特で、現代ではほぼドイツ語が公用語となっているが、王族が公的に使用するのは依然《いぜん》としてハイメンダール語だった。

「え……？　てことは、ゲストは……」

「書いてあるだろ。フォルストカンパニーのCEOは公爵《こうしゃく》だ。バルヒェット公爵、ヴィルフリート・ハインツ・フォルスト。『バルト海の金剛《こんごう》王』って言われてるらしいぞ」

「……ダイヤモンドキング……ふざけてる」

そんな異名を持つ者に限って、実際はしょぼいことが多い。幹也も何度かお目にかかってい た。『アイダホのポテト男爵《だんしゃく》』とか『プロイセンの古城主』とか。

思わず眉《まゆ》をひそめた幹也に、岸は「そうでもない」と海外経済誌のページを開いて寄こした。

英語のそれはフォルストカンパニーの記事で、ハイメンダール王国で産出されるダイヤモンドを工業用に卸《おろ》す王国唯一《ゆいいつ》の会社であると書かれ、取引先は世界の名だたる企業が並んでいた。ことに現在のバルヒェット公爵が代表となってから業績はうなぎ上りで、まだ三十歳ながらその経営手腕《しゅわん》はまさに『バルト海の金剛王』――。

「なんだよ、ほんとに知らなかったのか？　ハイメンダール語なんて超《ちょう》マイナーな言語を習得してるくせに」

そう、幹也が操《あやつ》る言語の中には、ハイメンダール語がある。唯一現地習得でなく、辞書やリスニングテープで覚えたものだ。だから実際に会話をしたことはないのだが、自ら取り組んだくらいなので腕前《うでまえ》には自信がある。

そもそもなぜ幹也がハイメンダール語を覚えたいと思ったのか。それは、初恋《はつこい》の相手がハイメンダール人の少女だったからだ。

◇　◇

その日、コペンハーゲンのホテルで、アメリカ大使館主催《しゅさい》のハロウィンパーティーが開かれた。デンマーク駐在《ちゅうざい》外交官の子どもたちが招かれ、十歳の幹也もスタンドカラーの長いガウンにマント、頭には三角帽子《ぼうし》という出《い》で立ちで参加した。

それまでポルトガルやフランスというハロウィン行事がほぼ行われない国で過ごしていたこともあって、積極的にお菓子《かし》をねだったりダークな仮装をしたり、なによりも子どもがメインのパーティーは新鮮《しんせん》で楽しかった。

外交官の子どもたちが多く、親の姿を見ているせいか、初対面でも積極的に話しかけて親しくなっていくので、何人の子どもと知り合っただろう。連絡《れんらく》先を交《か》わしたノートに名前が増えていくのがわくわくした。

幹也は場所を庭に移して新たな友人獲得《かくとく》を目指し、周囲を見回した。

……あっ……。

カボチャのランタンが照らす樹下のベンチに、真っ白なドレスを着た少女がいた。カツラだろう、真っ白な長い髪《かみ》が肩《かた》を覆《おお》っていて、東洋人よりも黒々とした大きな瞳《ひとみ》が印象的だった。肌《はだ》の色も目鼻立ちも北欧《ほくおう》系が多い中で、それは異質なほどだったから、カラーコンタクトレンズなのかもしれない。とにかく美しいことには間違いなかった。

「やあ、こんばんは」

まずは英語で話しかけてみた。

「……こんばんは」

発音のきれいな英語だった。これではどこの国の女の子なのかわからない。幹也よりもいくつか年上のようではあるが。

「ぼくは日本人だよ。きみは？」

「……ハイメンダール。知ってる？」

「ああ、バルト海の国だね。じゃあ、ドイツ語がいい？」

小さな唇《くちびる》がうっすらと口角を上げた。

「ハイメンダール語はできる？」

幹也はぎこちなく首を振った。ハイメンダール語だって？　公用語はドイツ語ではなかったのか。

幹也の様子を見て、少女はため息をついた。

「なんだ、できないの」

「お、覚えるよ！」

思わずそう言ってしまう。できないとばかにされたようで悔《くや》しかったというよりも、それで見限られてしまうような気がして焦《あせ》った。

「むずかしいよ。ハイメンダール人の子どもでも、喋《しゃべ》れない子は多い」

「覚える。言葉を覚えるのは得意なんだ。覚えたら、ハイメンダール語で話そう」

お菓子を食べながら、とりとめのないことを話した。本当に中身のない会話で、なにを話したか覚えていない。幹也が意識していたのは、彼女の唇の動きだとか声の感じだとか、言葉に合わせ動く指先だとかだった。

ただ、会場を眺《なが》めながら彼女がぽつりと呟《つぶや》いた言葉が、引っかかった。

「子どもって、こんなにたくさんいるんだね。初めて見た」

たしかに大勢集まっているけれど、幹也が通うインターナショナルスクールの生徒のほうがずっと数が多い。彼女の学校が小規模だったとしても、驚《おどろ》くほどではないのではないか。

「学校は？」

そう訊《き》くと、彼女は俯《うつむ》いて「ううん」と首を振った。

え……？　学校へ行ってないのか？

世界にはいろんな意味で幹也が想像もつかないような境遇《きょうぐう》の子どももいると、これまでの海外生活で学んでいたから、驚きは隠《かく》した。そうは見えないが、単純に身体《からだ》が弱いという可能性もある。

「だから、友だちもいなくて……」

その言葉に、幹也は思わず少女の手を握《にぎ》った。

「ぼくが友だちになる！」

少女は黒い瞳を見開く。

「ほんとに？」

「もちろん」

思いきり頷《うなず》くと、少女はこぼれるような笑《え》みを見せた。なんてきれいで可愛《かわい》いのだろう。こんな子の友だちになれるなんて、幹也のほうこそ飛び上がりたいくらい嬉《うれ》しい。幹也の胸は激しく高鳴った。好きだ――漠然《ばくぜん》とそう思った。一目惚《ひとめぼ》れというならそうなのだろう。

そんな自分の気持ちに狼狽《うろた》えて、幹也は言葉を探す。

「ああ、えっと……そうだ、ハイメンダール語のスクールってあるのかな？　デンマークにもある？」

友だちなら、一日も早くハイメンダール語をマスターするべきだろう。幹也が彼女の国の言葉を話せるようになれば、きっと喜んでくれる。

「さあ、どうかな……ここに来て日が浅いから知らない」

「そうか……」

幹也もハイメンダール語を今日まで知らなかったくらいだから、教えてくれる場所があるのかどうか気にしたこともなかった。

これはすぐに調べる必要があるな。

そう考えながら、意識しておとなっぽく腕組《うでぐ》みをして俯き、ポーズを取る。

「教えてあげようか？」

耳に入ってきた声に、幹也は顔を上げた。

「このホテルに住んでるから、毎日――そうだな、三時にあの四阿《あずまや》で待ち合わせるのはどう？」

少女はランタンに照らされた庭の隅《すみ》を指差した。

こ、これはデートの誘《さそ》い!?

「ほ、ほんとに？」

一瞬《いっしゅん》舞い上がった幹也だったが、自分を落ち着かせる。いやいや、彼女とはまだ友だちになったばかりだ。いずれどんな展開になるとしても、今は友だちとしての誘いだ。

しかしこの誘いは、毎日会えるということだ。しかもハイメンダール語を教えてくれるという。幹也を気に入ってくれていなければ、ここまでしてくれないだろう。

「行く！　あ、じゃあぼくも日本語を教えるよ」

翌日、幹也は学校から飛んで帰ると、ホテルへ向かった。自宅から数ブロックしか離《はな》れていないのは幸いだった。

ロビーを横切りながら、ガラスに映る自分の姿をチェックする。昨日は妙《みょう》な仮装だったが、今日はお気に入りのジャケットを着てきた。マフラーの色も合っている。

寝癖《ねぐせ》もついてないし、OK。あ、そうだ！　忘れないで名前を訊かなきゃ。昨日はよほど興奮していたのか、彼女の名前を訊き忘れていた。自分も名乗っていないのではないか。友だちになったというのに。

庭へと続くテラスの階段を一段抜《ぬ》かしで駆《か》け下りて、奥の四阿を目指した。少女は学校へ行っていないと言っていたから、きっと待ちかねているだろう。

大理石の柱で囲まれた四阿を息せき切って覗《のぞ》くと、果たしてそこは無人だった。

「あれ……？」

幹也はすぐに外へ出て、四阿の周りをぐるっと歩く。周辺に点在するベンチや、木陰《こかげ》も見て回ったが、少女の姿はなかった。

いない……どうして……？

すっぽかされたとは思わなかった。誘ってきたのは彼女のほうだったし、幹也も必ず行くと約束した。それを反故《ほご》にするような少女ではないと、ほんの短い時間しか話せず、名前も知らないのに確信する。

どこか別の場所と間違《まちが》えてる？　それとも、なにか急用ができたのかな？

しかし、どうやって確かめればいいのか。幹也は途方《とほう》に暮れながら、項垂《うなだ》れてロビーに引き返した。

それでも帰る気になれなくて、もう一度四阿へ向かった。遅《おく》れているだけかもしれない。幹也が帰ってしまったら、今度は彼女ががっかりするだろう。

寒空の中、首を竦《すく》めて四阿のベンチに座っていると、幹也に手を振《ふ》って近づいてくる女性に気づいた。ホテルの制服を着ている。

女性は四阿まで来ると、幹也に微笑《ほほえ》んだ。

「ごめんなさい、席を外せなくて遅れてしまったわ。まあ、こんなに冷えて……」

柔《やわ》らかな手が幹也の頬《ほお》に触《ふ》れる。

「昨夜のハロウィンパーティーに参加した日本人の坊《ぼう》やでしょう？」

幹也がぎこちなく頷くと、女性はポケットから封筒《ふうとう》を取り出した。

「三時にここで待ち合わせをしていたのよね？　預かり物があるの」

「彼女から？」

封筒を受け取って聞き返すと、女性は目を瞬《しばたた》いてなんとも気の毒そうな顔をした。

「……ええ、そう。彼女から」

幹也がかじかんだ手で封筒を開けると、そこには英語の短いメッセージがあった。

【友だちへ　残念だけれど、急にコペンハーゲンを発《た》つことになった。ハイメンダール語を教えられなくてごめんなさい。ひとつだけ書いておく。これをいつか聞かせてくれたら嬉しい。

――――】

英語の後に、幹也には読めない短い言葉が綴《つづ》られていた。

呆然《ぼうぜん》とする。

もう、ここにはいない……？

友だちになったのに、もうお別れなのか。別れの挨拶《あいさつ》もできなかった。連絡先《れんらく》もなにも書いていない。

「残念ね」

慰《なぐさ》めるように囁《ささや》く女性に、幹也ははっとして顔を上げる。

「この子……この子の名前は？　住所とか行き先とか、わかりませんか？」

女性は眉《まゆ》を寄せて首を振った。

「悪いけれど、それは規則で教えられないの。ごめんなさい。それじゃ――」

去っていく女性から封筒に視線を戻《もど》した幹也は、なにか硬《かた》いものがまだ中にあるのに気づいて、指で探《さぐ》る。引き出されたのは、細いチェーンを通したペンダントだった――。

◇　◇

言葉を覚え、いつかはハイメンダール王国を訪《おとず》れて、初恋《はつこい》の少女と再会したい――幼い日のそんな決心が、今の通訳という職業に繋《つな》がっている。

ハイメンダール王国については、豊かで古くからの街並みも美しい、福祉《ふくし》も充実《じゅうじつ》した国ということは知っているが、どんな企業《きぎょう》が有名だとか、主力輸出品の地下資源の行方《ゆくえ》だとかは調べていない。淡《あわ》く儚《はかな》い初恋の思い出に、そんなリアルは不似合いなのだ。

実際、通訳の仕事に就《つ》いてからも、ハイメンダール語とはまったく縁《えん》がなかったので、初恋の相手と再会云々《うんぬん》は絶望的だった。だいたい彼女の名前も住んでいる場所も知らない。

「で、どうする？　なんだか乗り気じゃないみたいだな。ま、ハイメンダール語なら他《ほか》にあてがあるから、無理にとは言わないけど――」

「いいえ、やります！　やらせてください！」

幹也はテーブルに手をついて身を乗り出した。岸が反射的に仰《の》け反る。

「お、おう……」

「ついにチャンスが巡《めぐ》ってきたんですから、やらないはずがないでしょう！」

降ってわいた仕事は、きっと運命だ。これが彼女に会うための第一歩に違《ちが》いない。

それからわずか一週間後――幹也は日比谷《ひびや》公園に近い外資系ホテルのエントランスのドアを潜《くぐ》っていた。
フジ電工から依頼《いらい》された通訳の期日はまだひと月近く先だったが、バルヒェット公爵《こうしゃく》はすでに来日しているという。商談までは観光をして過ごすとのことで、その間の通訳兼《けん》案内を打診《だしん》されたのが数日前のことだった。

プライベートの通訳であればハイメンダール語ができなくても問題ないはずだが、フジ電工のほうから公爵に敬意を表してぜひハイメンダール語のできる通訳を頼《たの》みたいと言ってきたので、例によって岸が幹也のスケジュールを調整した。

もちろん幹也としても願ってもないことだった。商談の通訳では無駄《むだ》話もできないが、観光案内がてらなら個人的な話題も出せるだろう。初恋の少女に関して、なにか手がかりが摑《つか》めるかもしれない。

まあ、そううまくはいかないだろうけどさ。現実的なのは、ハイメンダールで仕事ができるようになることだよな。そうすれば、自分が現地で探せるし。

ハイメンダール王国は外国人の就労や雇用《こよう》に関しての規制がきびしく、長期間居座るのはむずかしい。バルヒェット公爵と縁を繋ぐことで就職の道が開ければ、今回の仕事は幹也的に大成功だ。

レセプションカウンターで来訪の意を伝え、先方に確認《かくにん》を取ってもらったうえで、幹也はラグジュアリーフロア専用のエレベーターに乗った。するすると上昇《じょうしょう》していく箱の中で、ガラスに映る己《おのれ》の姿を確かめ、ネクタイを直す。

第一印象は大事だからな……。

幹也は二十七歳という年齢《ねんれい》より少し若く見えるらしい。スーツを着ていないと、大学生と思われることもたびたびだ。

そのせいで仕事で初めて会うと、「だいじょうぶなのか？」というような顔をされるが、終わるとたいてい褒《ほ》められるので、ギャップがいいほうに働く。

しかしただでさえ若く見られがちな日本人だから、そろそろおとなの男としての落ち着いた雰囲気《ふんいき》が備わってほしい。いつか初恋の相手に再会したときに、がっかりされたり子ども扱《あつか》いされたりするのは嫌《いや》だ。

ひげでも生やしてみるか……？　だめだめ、似合わない。だいたい生え揃《そろ》うまでに何か月かかるか。

さらさらの黒髪《くろかみ》はワックスで軽く流れを作る程度に撫《な》でつけ、ライトグレーのスーツと白いワイシャツで無難にまとめた分、ネクタイはエメラルドグリーンが入った柄物《がらもの》にした。ガラスの中の自分に頷《うなず》いて、エレベーターを出る。

通常の宿泊《しゅくはく》フロアはエレベーターホールの先に長い通路が延びて、両脇《りょうわき》にドアが並んでいるものだが、特別なスイートルームがあるこの階は、すぐに重厚《じゅうこう》な両開きのドアが見えた。

幹也は小さく息を吸ってそのドアに歩み寄り、チャイムを鳴らす。待つことなく開いたドアから現れたのは、金褐色《きんかっしょく》の髪と目に染《し》みるような青い瞳《ひとみ》を持つ男だった。

うおっ、イケメン！

三十前後だろうか、ブリティッシュスタイルのスーツとセルフレームの眼鏡が知的な印象だ。

「幹也？　秘書のカミル・クラインです」

一瞬《いっしゅん》、公爵本人かと思った幹也は、慌《あわ》てて手を差し出した。相手――カミルがドイツ語だったので、同じくドイツ語で返す。

「初めまして、ヘル・クライン。グランアシストの高原幹也です」

「カミルでけっこう。急に予定を入れてしまって申しわけありません。さあ、どうぞ」

この若さで秘書というのも驚《おどろ》きだ。公爵と同年代だろう。容姿だけでなく中身も優秀《ゆうしゅう》ということだろうか。

招き入れられた室内は、ここがホテルの一室だということを忘れてしまうような、きらびやかで豪奢《ごうしゃ》な造りだった。大理石敷《じ》きの玄関《げんかん》ホールのようになっているが、ちょっとした邸宅《ていたく》のものより広い。吟味《ぎんみ》された調度品が配されていて、そのひとつひとつに目が奪《うば》われた。ことに花台に飾《かざ》られたクリスタルの船は、眩《まばゆ》い輝《かがや》きを放っている。

「見事なものですね……」

「ああ、それはこちらが持参しました。ハイメンダールの王族が逗留《とうりゅう》中という印のようなものですね。もっともレプリカですが。本物はダイヤモンドなので」

「……そ、そうなんですか……」

さすがは世界有数のダイヤモンド産出国だと、幹也はくらくらしながらカミルの後に続く。

広々としていくつものソファや肘掛椅子《ひじかけいす》が点在するリビングや、正餐会《せいさん》が開けそうな長いテーブルのあるダイニングが廊下《ろうか》の左右に覗《のぞ》く。他にも複数の個室らしきドアを通り過ぎて、突《つ》き当たりのドアの前でカミルは足を止めた。

「公爵、通訳の幹也がいらっしゃいました」

そう呼びかけてから、カミルは幹也を振《ふ》り返って眉を寄せた。

「申しわけありませんが、公爵はまだ寝室《しんしつ》にいらっしゃいます。しかしお通しするようにとのことでしたので、どうぞお入りください」

「えっ、でも――」

初対面の挨拶から、貴人のプライベート空間に踏《ふ》み込むのはいかがなものか。しかし幹也が躊躇《ためら》っている間にドアが開かれ、身振りで入室を促《うなが》される。

「……では、失礼して――」

「私はお茶を用意してまいります」

ええっ、そんな……。

喉元《のどもと》まで出かかった声を呑《の》み込んだ。せめて顔合わせまで誘導《ゆうどう》してほしかった。案内なしに単独で赴《おもむ》いて、本当にいいのだろうか。

ていうか、ちょっと怖《こわ》いんですけど……。

幹也なりにバルヒェット公爵について調べたのだが、今どきインターネット空間にもその画像が出回っていなかった。『バルト海の金剛王《こんごう》』という呼び名はいくつか目にしたが、同時に若くして卓越《たくえつ》した経営手腕《しゅわん》を畏怖《いふ》含《ふく》みで報じたコメントが、なにやら恐《おそ》ろしげな印象を抱《いだ》かせていた。『ヴァイキングの血を色濃《いろこ》く残す、強引《ごういん》かつ非情な商人』なんてフレーズもあって、幹也のバルヒェット公爵に対するイメージは、むくつけきひげもじゃの大男だ。

しかしすでにカミルは引き返してしまっていて、幹也だけで先に進むしかない。

「……失礼します……」

寝室も当然のように広く、L字形の空間は入り口からは見渡《みわた》せない。インテリアは現代風に統一されていて、シンプルだ。背が低く座面が広い総革張《そうかわば》りのソファも、直線が強調されていてスタイリッシュだった。

幹也はそっと歩を進める。これ以上進むとたぶんベッドが目に入ってしまうと予想したが、まさか寝《ね》ていることはないだろう。訪問時間は知っているはずだし。というよりも、公爵側からの指定だった。

寝室はルーフバルコニーに繋《つな》がっているらしく、窓際《まどぎわ》に出入りのガラスドアがあった。なにげなくそちらを見た幹也は、きらきらと陽光を弾《はじ》く輝きに気づいた。

うわ、プール!?

いや、屋外にジェットバスが設けられているのだ。水面に夏の日差しが照り返って輝いている。

眩《まぶ》しさに目を凝《こ》らした幹也は、そこに人影《ひとかげ》を発見して思わず声を上げた。

「い、いた！」

おそらくは、いや、間違《まちが》いなくバルヒェット公爵《こうしやく》本人だ。人を呼びつけておいて入浴中か！

いや、それはいい。なにしろ相手は王族に名を連ねる公爵さまだ。通訳風情《ふぜい》が挨拶《あいさつ》に出向いたからといって、正装して待ちかまえていなければならない義理もない。

しかし対峙《たいじ》する幹也のほうはどうしたらいいものか。入浴中に踏み込んだりしたら、不敬に当たらないのか。

……それにしても優雅《ゆうが》なことだな。

驚きが過ぎ去って、幹也はその光景を眺《なが》める。公爵は湯船の縁《ふち》に背を預け、手にしたフルートグラスをときおり口に運んでいた。

濡《ぬ》れた髪は銀褐色《ぎんかっしょく》に見える。形のいい頭部は頬《ほお》から顎《あご》にかけてもすっきりとしていて、想像していたようなひげもじゃではなかった。目鼻立ちも整っているようだ。

ていうか、あの秘書よりいい男なんじゃないか？　なんだよ、ハイメンダールは美形の宝庫か⁉

まあ、そういう噂《うわさ》もある。もともとがヴァイキングで、財宝とともに各地の美女を略奪《りゃくだつ》したという歴史と、建国以後現代に至るまで外国人を必要以上に出入りさせない島国という謎《なぞ》めいたイメージからだろうか。

そんなことを考えていると、風呂《ふろ》の住人が片手を振った。はっとした幹也をしっかりと見据《みす》えて、手招いている。

……えっと……。

その手が次第《しだい》に強く振られて、幹也はガラスのドアを開けた。バルコニーに足を踏み出すと、陽光にさあっと全身を包まれる。たしかに水浴びにはいい陽気だ。

幹也がジェットバスのそばまで近づくと、公爵は濡れた顔をひと撫でして微笑《ほほえ》んだ。すみれ色の目をしている。髪は銀髪《ぎんぱつ》のようだ。

「幹也か？」

低いがよく通る声だった。そしてハイメンダール語だった。その瞬間《しゅんかん》、胸が震《ふる》えた。

初めて、会話としてハイメンダール語を使う。

「初めまして、公爵。通訳の高原幹也です」

ずっと独学で学び、テープの声は一方通行だった。幹也の言葉に応《こた》えてくれる者もいなかった。習得できたという自信はあっても、実際に今日まで使うことがなかった言語だった。

「ああ、ヴィルフリートだ。よろしく頼《たの》む」

しかし——。

差し出された手を、反射的に握《にぎ》った。そのときの幹也は、感動でいっぱいだった。

「うわあぁっ！」

幹也の手を握ったまま立ち上がったヴィルフリートに、幹也は絶叫《ぜっきょう》した。まさか初対面の相手の全裸《ぜんら》を見ることになるとは。

下も銀髪！　しかもでかい！　じゃなくて――。

「し、失礼っ！」

慌てて回れ右をした幹也の背後で、ヴィルフリートが含《ふく》み笑う。

「見たほうが叫《さけ》ぶのはどうなんだ。だいたい男同士だろう」

幹也なら男同士で温泉に入ろうと前は隠《かく》すが、この辺りは個人的見解なので黙《だま》っていた。それよりも股間《こかん》の残像がまだちらちらしているのを、早くなんとかしたい。

「ここにいたんですか、ヴィルフリート」

アイスティーのグラスを載《の》せたトレイを手に、カミルが呆《あき》れ顔でバルコニーへ出てくる。

「幹也が来るとわかっていたのに……申しわけない、幹也」

「あ……いえ……」

「そこのテーブルに置いてくれ」

窓際にはアイアンに蔦《つた》を絡《から》ませた庇《ひさし》が作られていて、軽食程度なら取れそうなテーブルセットも用意されている。

いつの間にかバスローブを身に着けたヴィルフリートが、先に腰《こし》を下ろして幹也を手招いた。バスローブはラフに羽織られただけで、しかも脚《あし》を組んでいるものだから、太腿《ふともも》まで露《あら》わになっている。動いた拍子《ひょうし》に景気よく開帳されそうで、幹也のほうが気が気ではない。

「……失礼します……」

「きれいな発音だ。ハイメンダール語はどこで覚えた？」

ストローを使わずにグラスを半分ほど干したヴィルフリートは、幹也に問いかける。

その右手の中指の大きな金の指輪が目に留まった。台座部分はのっぺりと平たく窪《くぼ》んでいて、まるで石が取れてしまったかのようだ。しかしあのサイズの石なら、そうとう大きなものになる。ハイメンダール王国ご自慢《じまん》のダイヤモンドなどはめようものなら、どれほど高価なものになることやら。

「あ、はい、独学で」

「まさか」

すみれ色の目が見開かれる。陽光が遮《さえぎ》られても、その色は鮮《あざ》やかだった。ヴァイオレットアイズを自慢する者がたまにいるが、これほどきれいな色の瞳《ひとみ》を見たのは初めてだ。幹也は見惚《みと》れながら頷《うなず》く。

「いいえ、本当に。教えてくれるところもありませんでしたから、自分で学ぶしかありませんでした」

「そこまでして……物好きだな。利用価値のない言語だろう。同じ島国でも単独言語の日本語なら、まだ世界的な需要《じゅよう》もあるが、我が国はドイツ語も公用語だ」

肩《かた》を竦《すく》めるヴィルフリートに、幹也は苦笑《くしょう》を返した。

「たしかに実際に会話をしたのはこれが初めてですが、どうしても習得したかったので」

「理由は？　興味深い」

緩《ゆる》やかな風に乾《かわ》き始めた銀髪が、煙《けぶ》るようにふわふわと揺《ゆ》れる。

「……子どものころ、ハイメンダール人の女の子と出会って……」

すぐに合点《がてん》がいったというように、ヴィルフリートは手を叩《たた》いた。

「なるほど、初恋《はつこい》の君か。その彼女の国の言葉を覚えて、いずれはプロポーズか」

「かなりむずかしそうですけど。なにしろ会ったのはその一度きりで、彼女の名前も住んでいる場所も知りません」

「馴《な》れ初《そ》めを聞きたい」

いきなりプライベートに踏《ふ》み込んでくるんだなとは思ったが、隠すようなエピソードでもないので、幹也は初恋の少女との出会いを話して聞かせた。

思い出話を終えると、いつの間にか頬杖《ほおづえ》をついていたヴィルフリートがにやりとする。

「つまり初恋と同時に振《ふ》られたということか」

「振られてません！」

初対面ということも忘れて、幹也は強く言い返した。こと初恋の少女のことになると、むきになってしまう。

「彼女にもらったんです」

シャツのカラーの内側に指を滑《すべ》り込ませて、チェーンの留め金を外すと、引っ張り出したペンダントを見せる。そこにはオーバル型のヘッドが下がっていた。バラの花が浮《う》き彫《ぼ》りになっていて、小さなダイヤモンドがひと粒《つぶ》、露《つゆ》のようにあしらわれている。

「……ほう。こんなものをくれながら、名前は教えてくれなかったのか」

ヴィルフリートは一瞬《いっしゅん》目を瞠《みは》ったが、すぐに意地の悪い言い方をしながら、ペンダントヘッドを指先でつまんだ。値踏みするようにじっくりと弄《いじ》り回している。ダイヤモンドキングには、ちゃちなアクセサリーに見えるのだろう。

「急いでいたんです、きっと」

幹也はペンダントを奪《うば》い返して、元どおり身に着ける。

椅子《いす》にふんぞり返ったヴィルフリートは、揶揄《からか》うように口端《こうたん》を上げた。

「それで？　本当に再会できると思っているのか？」

そう言われると言葉に詰《つ》まる。十七年も前の、ほんの数時間の出来事だ。相手だって幹也と会ったこと自体を忘れているかもしれないと言われても、否定はできない。

「……でも、できることはしています。言葉も覚えたし……」

「ずっと利用する機会もなかった言葉を、な。ハイメンダール王国に行ったことは？」

「いいえ」

「なぜ？　観光旅行ついでに探せばいいだろう」

「数日で見つけられるとは思っていません。一度行ったら、会えるまで帰りたくなくなってしまうでしょう」

「まあたしかに、小国とはいえ、人口は百万人近い。該当《がいとう》する年ごろの女性に絞《しぼ》っても、ひとりずつ確かめていたら途方《とほう》もないな」

幹也は俯《うつむ》いて呟《つぶや》いた。

「……わかっています」

自分でも無茶《むちゃ》だとわかっているのだ。でも会いたいのだから、しかたがないではないか。彼女に会って、そしてひと言——。

「心当たりがないこともない」

耳に入ってきた言葉が一瞬理解できず、幹也は目を上げた。

「え……？」

「ハイメンダールでは、自分用のモチーフを持つ者が多い。装飾品《そうしょく》や身の回りの小物にそれをあしらう。まあ、廃《すた》れつつある風習ではあるが……ああそうだ、日本でも皇族のおしるしというのがあるだろう」

「本当ですか⁉」

幹也は立ち上がってテーブルに身を乗り出した。

「じゃあモチーフを調べれば、ある程度限定できるってことですね？　バラでしょう？　ああ、でもバラは多そうだな……どうやって調べればいいんですか？　というか、バラをモチーフに使っている人を知ってるんですか⁉」

「まあ落ち着いて座れ」

ヴィルフリートに手振りで示され、幹也は腰を下ろす。心臓が走っていた。なんてことだろう。何年も停滞《ていたい》していたものが、一気に進んだ気分だ。

「それで――」

「すぐに教えるわけがないだろう」

「えっ……」

目を見開く幹也に、ヴィルフリートはにんまりと笑った。芸術的に整った美貌《びぼう》なので、嫌《いや》な笑い方をしても目を惹《ひ》く。

「今日まで自力でじたばたしてきたのなら、ここで手を貸しては面白《おもしろ》くない」

「そ、そんなあっ……」

思いがけず初恋の少女との再会の糸口を摑んだというのに、その糸を頭上高くぶら下げられた。しかも公爵《こうしゃく》さまの気まぐれで。

「お願いします！　教えてください！」

「そうだな……」

幹也の反応を楽しんでいるのか、ヴィルフリートはもったいぶって顎《あご》に指を当てて考えるそぶりだ。

なにが『バルト海の金剛王《こんごう》』だよっ……。

いきなりの全裸《ぜんら》対面もそうだが、この態度といい、切れ者で傲慢《ごうまん》という予想は激しく裏切られた。ただ他人を弄《もてあそ》ぶのが好きな金持ちなのではないか。業績がいい会社のトップにはとても見えない。

「日本にいる間ずっとそばでガイドをするなら、初恋の君探しに協力しよう」

「え？　あ、はい、それはもちろん」

どんな難題を吹《ふ》っかけてくるかと思ったが、商談以外の通訳兼《けん》観光案内は、すでにオフィスを通して打診《だしん》されている。幹也が今日、挨拶《あいさつ》に訪《おとず》れたのもその一環《いっかん》だ。

ほっとして大きく頷いた幹也だったが、ヴィルフリートは言葉を続けた。

「では、カミルに部屋を案内させよう。幸い使っていない個室がいくつかある」

「はい――……え？」

部屋――って、誰《だれ》の……？　まさか、俺!?

「なにを呆《ほう》けた顔をしている。今日からここで寝泊《ねと》まりしてもらう」

当然のように告げたヴィルフリートに、幹也は両手を突《つ》き出した。

「ちょ、待ってください！　ここで暮らすってことですか？　無理です！　外出にはお供しますけど、ホテルに常駐《じょうちゅう》する必要はないでしょう？　他《ほか》に仕事が入るかもしれないし――」

「そんなもの、断らせる」

うわあ、出たよ。やんごとなき方のわがまま。

しかもヴィルフリートがオフィスにそう命じたら、あっさり受け入れられそうだ。

「でもっ、あの、そう！　なんの支度《したく》もしてませんし、着替《きが》えとか……一度戻《もど》って、私からもオフィスに説明して――」

「心配ない。必要なものは用意させる。戻るというなら、協力の話はなしだ」

わがまま全開になったヴィルフリートに、いちばんの弱みを持ち出されて、幹也は言い返せずに拳《こぶし》を握《にぎ》った。

「なにか不満か？　幹也が気に入ったからこその提案だというのに」

面白がってるだけじゃないのか……？

しかし揶揄って楽しむだけなら、プライベート空間にまで引き込んだりはしないだろう。気に入られたのはたしかなのかもしれない。

といってもまったく嬉《うれ》しくないのだが。いや、この際、前向きに考えるべきか。せいぜいこのチャンスを利用してサービスに努め、ヴィルフリートの信頼《しんらい》も勝ち取り、あわよくばハイメンダール王国で職と居場所を得るのだ。そうすれば、あとは自力で初恋の少女を探すこともできる。

着替えてくるというヴィルフリートを見送って、予想外のなりゆきに呆然《ぼうぜん》としたまま薄《うす》くなったアイスティーを口にしていると、カミルがすまなそうな顔でやってきた。

「申しわけない、幹也。しかし、なにしろ言い出したら聞かない人なので」

「あ、いいえ。でも、かえってご迷惑《めいわく》なのでは？　それよりも、セキュリティー的にどうなんでしょう」

もちろん幹也にはなにも含《ふく》むところなどないが、相手は王族だ。

「警備の者は配してあります。公爵が嫌がるので、極力目に触《ふ》れないようにしていますが、室外にもまあ数人は」

「そ、そうですか……」

全然気がつかなかった。いいのか悪いのか。

「優秀《ゆうしゅう》なボディガードですので、ご心配なく。ところで服と靴《くつ》のサイズを訊《き》いていいですか？　あと身の回りの品でなくてはならないものを。パソコンとかコンタクトレンズとか——」

うわあ、本気だ……。

とにかく、しばらく自宅へ戻れないのは決定事項《じこう》らしい。

「……いいえ、だいじょうぶです。冷蔵庫の使いかけの食材が気になりますけど……」

翌日からさっそく幹也は東京近郊《きんこう》の観光につきあわされた。ヴィルフリートとしては京都や奈良まで足を延ばしたかったようだが、向こうの夏は東京より応《こた》えると知ると渋々諦《しぶしぶあきら》めた。すでに日本の暑さにうんざりしているらしい。

移動はチャーターしたリムジンを使うが、なにしろヴィルフリートは目立つ。髪《かみ》は生え際《ぎわ》から完璧《かんぺき》な銀色だし、身長も百八十五を超《こ》えているだろう。眩《まぶ》しいからとサングラスをかけているが、造作がとびきり整っているのは隠《かく》しようもなく、むしろサングラスを着用していることで、よけいに一般《いっぱん》人ではないと周囲は思い込む。

まあ、実際に一般人ではないのだが、貴人ではなく俳優とかモデルだと思われているようだ。服装もファッション雑誌から抜《ぬ》け出してきたような格好だし。

今も数メートル離《はな》れたところで、修学旅行の一行らしい女子中学生が、四国方面の訛《なま》り全開で興奮している。

「誰⁉　俳優？」

「東京で撮影《さつえい》してるが？　さすがは日本の首都じゃあ」

「さっき見た『シューターズ』のユーキよりずっとカッコいいがやない！」

「あたしは横におる付き人のほうが好みだわ」

付き人って俺かよ。たしかにそんなもんだけどさ。

ヴィルフリートは朱塗《しゅぬ》りも鮮《あざ》やかな楼門《ろうもん》の前で立ち止まり、行き交《か》う人の流れも無視してその造形に見入っている。外国人の常ではあるが、彼もまた神社仏閣に興味があるようで、今日はこれで四か所目だ。

「京都に行けなくて残念ですね」

京都ならただ散策するだけでも次々と寺や神社に出くわすし、なかなか見ごたえのあるものばかりだ。都内で同等のものを求められると、数か所に限られてしまう。外国人を案内するときに、幹也が苦労するのもこの点だった。

言いわけも含めてそう声をかけると、ヴィルフリートは我に返ったように振《ふ》り返って、ゆっくりとサングラスを外した。すみれ色の瞳《ひとみ》が現れる。ヴィルフリートの美貌の全容を把握《はあく》したらしい女子中学生から、黄色い声が洩《も》れた。

「いいや、これも充分素晴《じゅうぶんすば》らしい。木造建築の繊細《せんさい》さと温かさが感じられる。神さまも居心地《いごこち》がいいだろうな。さあ、お参りしようか」

最初の神社で参拝の作法を教えたので、ヴィルフリートも慣れたものだ。手水舎《ちょうず》へ立ち寄ってから参道を進み、拝殿《はいでん》に向かう。

柏手《かしわで》を打って拝む姿を横目に、幹也は内心感心していた。

日本人でも参拝は流れ作業的におざなりで、写真撮影などがメインになってしまっていることが多いが、ヴィルフリートはその都度ちゃんと拝んでいる。少なくとも神域と意識しているようで、立ち居振る舞《ま》いも静かだ。

ハイメンダール王国にはケルト派生の国教があるが、キリスト教他を信仰《しんこう》する国民も多いと聞く。王族のヴィルフリートはもちろん国教派でそれを守るべき立場のはずだが、他の宗教に対しても敬意を持って対する姿勢が好ましい。

しかし楼門の階段を降りきると、ふいに表情が変わった。

「次はいかにも現代の東京らしいスポットへ行こうか」

にっと口端《こうたん》を上げて、サングラスをかける。

「……はい、秋葉原《あきはばら》でしたね」

神社仏閣とオタクの聖地を並行して楽しもうというのか。いや、むしろ秋葉原のほうを楽しみにしているようでもある。

寺社界隈《かいわい》とは客層が明らかに違《ちが》うが、平日でも街は賑《にぎ》やかだった。そしてここでもヴィルフリートの存在は異質だ。

「ちょっとちょっと！　見た？　アレクサンドルさまだわ！　生アレクサンドル！　ああーん、コスプレさせたい！」

「待って！　『突撃《とつげき》』のリヒテルでもよくない？」

「リヒテルは金髪《きんぱつ》じゃん。アレクサンドルさまよ！」

日本語はわからないが、自分が話題になっているのは当然感じ取れるようで、そこに他の名前らしきものが雑《ま》じっているのがヴィルフリートは気になるらしい。純粋《じゅんすい》に称賛《しょうさん》されているわけではない、というか。

「なんだ？　アレクサンドルとかリヒテルとか」

幹也の耳元に唇《くちびる》を寄せて訊く。

「アニメかゲームのキャラクターでしょう。コスプレとか言ってましたから」

「ああ、コスプレ！　知ってるぞ。ヨーロッパでもイベントがあるくらい盛況《せいきょう》だそうだな。特定のテーマだけのオンリーイベントとかあるんだろう？」

「無駄《むだ》に詳《くわ》しいですね……」

「褒《ほ》めるな。情報はいくらでも得ておいて損はない」

「いや、呆《あき》れてるんですけど」

得意げだったヴィルフリートだが、ふいに顎《あご》に手を当ててむずかしい顔になる。

「気になるな」

「は？　なにがですか？」

「アレクサンドルとリヒテルだ。どんなキャラクターなんだ？」

「私が知るわけないでしょう」

自慢《じまん》ではないが、個人的に秋葉原に来たこともない。

「では、調べよう」

「え？　あ、ちょっと――」

　ヴィルフリートはすぐそばにあったアニメグッズの店に入ると、ポスターやフィギュアで飾《かざ》られた店内を見回した。そんなヴィルフリートに、周りの客がざわめく。

「すげー、アレクサンドルじゃね？」

「なんかイベントあんの？」

　ヴィルフリートはぞろりと長い髪の少女の上に屈《かが》み込むように顔を伏《ふ》せると英語で話しかけた。

「ちょっと訊きたいのだが、ここにそのアレクサンドルの商品はあるか？」

　至近距離《きょり》で囁《ささや》かれた少女は、顔を真っ赤にして硬直《こうちょく》している。持っている本が手から落ちそうだ。

「幹也、言葉がわからないようだ」

　振り向いたヴィルフリートに、幹也はしかたなく近づいた。

「アレクサンドルというキャラクターを探しています。ここにありますか？」

　日本語で尋《たず》ねると、少女ははっとしたように壁《かべ》を指差した。

「あれ！　あれが『異邦騎士団《いほうきしだん》』のアレクサンドルです！」

　ポスターには中世ヨーロッパ風の衣装を着けた三人の男が、それぞれカッコつけたポーズをとって描《えが》かれていたが、幹也にもどれがアレクサンドルなのかひと目でわかった。真ん中だ。

銀髪で緑色の目をしていて、なぜか長剣《ちょうけん》とバラの花をまとめ持ち、それに唇を寄せている。

「……あれだそうです」

「……ああ、なるほど」

ヴィルフリートは微妙《びみょう》な顔で頷《うなず》いた。

「この界隈では、俺はあんなふうに見えるわけか」

「いいじゃないですか。主役っぽいし」

「今ひとつ、俺にはオタクの素質がないようだ」

首を傾《かし》げながら店を出たヴィルフリートだったが、客寄せのメイドに捕《つか》まって入店したメイドカフェは、けっこう気に入ったようだった。

なんか……どんどんイメージが変わってくな。

とても『バルト海の金剛王《こんごうおう》』には見えない。これでちゃんと会社をやっていけているのだろうか。

まあ、ただのお飾りCEOという可能性もなくはない。若く見目麗《みめうるわ》しい公爵《こうしゃく》が経営する会社ということで、充分なイメージ戦略にはなる。それに実際はできる部下たちが仕切っているなんていうのは、世界的によくある話だろう。

最後に訪《おとず》れた家電量販店《りょうはんてん》では、いちばん熱心に店内を見回っていた。外国人にはとかく日本の家電製品が人気だから、不思議はないのかもしれないが、店員にあれこれ質問するわりには購入《こうにゅう》に踏《ふ》み切らない。

意外とセコいのか？　いやでも……。

気前はかなりいいはずだ。幹也を通訳兼《けん》ガイドとしてプライベートで雇《やと》った分は、ヴィルフリートの支払《しはら》いとなる。ここだけの話だが、商談相手のフジ電工が依頼《いらい》した分よりも、その金額ははるかに高い。なにしろ拘束《こうそく》時間が圧倒《あっとう》的に長いのだ。

事前にその件で確認《かくにん》を取ったときも、「かまわない」と二つ返事だった。ハイメンダール語は使えなくても英会話ができるのだから、べつに幹也を必要とせずともなんとかなりそうなものだが。

その余分な出費だけでなく、強引《ごういん》に急遽《きゅうきょ》そばに置いた幹也の衣類や身の回り品まで、約束どおりその日の夜には部屋に運ばれてきた。服は高級ブランドばかりでそれ自体の値段はもちろんのこと、丈詰《たけつ》めなどの手間まで急がせただろうことを考えると、果たしていくら散財したのやら。

気前のよさが逆に恐《おそ》ろしくなって、量販店のスーツが二着と下着があれば充分だと言ったのだが、「そんな格好の奴《やつ》をそばに置く気はない」と一蹴《いっしゅう》されてしまった。

というわけで幹也の本日の出《い》で立ちは、麻《あさ》のジャケットにストール、デニムの足元はリザードのローファーという、ふだんからは見た目的にも金額的にもありえない格好となっている。

せめてスーツにしてほしいと頼《たの》んだのだが、見ているほうが堅苦《かたくる》しくて嫌《いや》だと返された。

堅苦しいもなにも、俺にとっては仕事なんだから、それなりの服装ってのがあるだろ。ヴィルフリート自身はごく薄《うす》いサマーニットにジレを重ね、幹也の感覚では絶対にチョイスしないわさび色のパンツという服装だ。ショーモデル並みのプロポーションでこんな格好をされたら、目立たないほうがおかしい。

人々はヴィルフリートを憧憬《どうけい》の眼差《まなざ》しで見つめ、隠《かく》し撮《ど》りをする猛者《もさ》までいる始末だ。横に立つ幹也がじゃまだと、思いきり手で払《はら》うしぐさをされたときには、さすがにむっとした。なんだよ、許可もなく撮るほうがだめだろ。そりゃあたしかにじゃまかもしれないけどさ。

ヴィルフリートと張り合えるとは思っていないが、幹也もそれなりにイケているほうだと思うのだ。百七十七の身長は日本人なら平均を上回っているし、「見栄《みば》えがいい男じゃなきゃ嫌」という海外セレブの通訳審査《しんさ》にも合格したくらいだ。

まあ、並んだ相手が悪かったとわかっているけれど、それでもプライドは傷つくわけで——。

あーあ、毎日こんな感じで続くのか……。

翌日はちょっと足を延ばして鎌倉《かまくら》へ、次は某《ぼう》テーマパークで夜の花火とパレードまで——しかし野郎《やろう》ふたりでなにをやっているのか。仕事でなければ絶対に行きたくない——、そのまた次は思いきって日光《にっこう》まで、とヴィルフリートの観光はとどまるところを知らない。

幹也のほうも次第《しだい》に緊張感《きんちょうかん》が薄れてきて、いつしかガイドどころか自分も楽しんでいたりする。ヴィルフリートが人目につくことも、あまり気にならなくなってきた。美人は三日で飽《あ》きるというのは真実かもしれない。

王族で超《ちょう》金持ちではあるが、だからこそそれを誇示《こじ》する気持ちもないのか、特に偉《えら》そうな振《ふ》る舞《ま》いはしない。むしろ順番待ちの列にも素直《すなお》に並ぶし、礼儀《れいぎ》作法も自ら進んで知ろうとする。そんなところは好ましい。

幹也をホテルに引き留めたときのような強引《ごういん》さはあれきりで、次第に友人の観光案内をしているような気分になってきた。

「……で、今日はどうします？」

いつの間にか口調も緩《ゆる》めになっていた。

「原宿《はらじゅく》へ行こう」

「原宿ぅ!?」

幹也はリムジンの中で声を上げた。

「この暑いのにあんな人の多いところへ？　ていうか子どもばっかりですけど。しかも今日は日曜だから、半端《はんぱ》なものじゃないですよ」

「だから行くんだ。個性的な若者を見て楽しもう。テーマパークのパレードより面白《おもしろ》いかもしれない」

「いや、ちょっと違《ちが》うような……あー、メイドカフェが気に入ったなら、合うかもしれませんね。ゴスロリとか」

そう言ってみたが、幹也もしばらく行っていないので、今はなにが主流なのかわからない。まあ、ざっと歩いてくれれば満足するだろう。

――しかし相変わらず件《くだん》の通りは大混雑だった。夏休みに入ったのか、地方からやってきている若者もいるようだ。

「活気があっていい」

「そう言うわりに、あまり楽しそうじゃありませんね」

「……この通り、気温が高くないか？」

触《ふ》れ合いそうなほどの距離で人が蠢《うごめ》いていれば、暑くもなるだろう。ただでさえ暑いのは苦手なヴィルフリートだ。

「これとは比べものにならないくらいの人混《ひとご》みが、もうすぐお台場《だいば》方面であるらしいですよ。アレクサンドルのコスプレもいるかもしれません」

「ああ、あれか。噂《うわさ》には聞いている。興味はあるが……まあ、考えておこう」

ヴィルフリートが本気で参っているように見えたので、幹也は目についたカフェを指差した。

「休憩《きゅうけい》しますか？　それとも、通りを出たところに車を回してもらいましょうか」

「そうだな……いや、休憩ならあれだろう」

ヴィルフリートが幹也の肩《かた》を押して近づいたのは、クレープの屋台だった。周囲に甘い匂《にお》いが漂《ただよ》っている。

「本気ですか？　もっとさっぱりしたもののほうがいいんじゃないですか？」

「いや、食べよう。お勧《すす》めはなんだ？」

いちばん人気だというチョコバナナに生クリームがたっぷりのったものをヴィルフリートに、幹也はブルーベリージャムとアイスの組み合わせをチョイスした。

「そちらのほうが食欲《しょくよく》をそそるんだが」

「気のせいですよ」

少しでも食べやすいかとアイスを選んだが、この陽気のせいで溶《と》けるのも早い。あちこち伝うのを舌で追いかけるが、間に合わない。

「あっ、あ、こっちも……」

幹也が悪戦苦闘《あくせんくとう》している間に、ヴィルフリートはクレープを胃に収めてしまった。焦《あせ》った幹也はできるだけ口に押し込もうとしたが、圧力を受けた生地《きじ》が裂《さ》けて、溶けたアイスが溢《あふ》れ出す。しかもタイミング悪く、背後から人混みに押された。

「んぐっ……」

「幹也！」

とっさにヴィルフリートが手を伸ばしたが、溢れたアイスは生成りのシャツにこぼれた。ブルーベリージャムのせいで紫《むらさき》に染まる。

「うわ……」

なんとかクレープを呑《の》み込んだものの、時すでに遅《おそ》し。洗濯《せんたく》しても落ちそうにない。その前に、この状態をどうしたものか。

「すみません、せっかく買ってくれたのに……」

値段を考えると眩暈《めまい》がしそうだ。このシャツ一枚分で、幹也なら余裕《よゆう》で全身コーディネートできる。

「とりあえず着替《きが》えよう。車を回してくれ」

ヴィルフリートは幹也を庇《かば》うように肩を抱《だ》いて歩き出す。女性をエスコートするようなこの体勢はどうなのかと思ったが、他人ともぶつかりそうな状況《じょうきょう》だ。幹也も深く考えず、携帯《けいたい》を取り出しながら通りを進んだ。

リムジンに乗って青山通りを走り出したが、すぐにハイブランドのブティック前でヴィルフリートは車を停《と》めた。

買い物だろうか。しかしできれば一度帰って着替えたい。というか、染《し》みつきの服でこんな高級店には入れない。ヴィルフリートに恥《はじ》をかかせてしまう。

「あの……俺、待ってますから——」

「なにを言う。おまえの服を選ぶのに」

「えっ、俺？　け、けっこうです！　もうたくさん買ってもらってますから。帰れば着替えがありますし」

「今必要だろう。帰るより早い」

ヴィルフリートは幹也を車外に押し出そうとする。

「やっ、ちょっと待って！　ならせめてあっちのウニクロに――」

「スーツを買う。俺も欲しいし」

スーツ？　ここでスーツふたり分!?

いったいいくらかかるんだろうと、真っ先に考えてしまうのもしかたがないと思う。幹也の金銭感覚はごくふつうの一般《いっぱん》人だ。

ドアマンは慇懃《いんぎん》に迎《むか》え入れてくれたが、幹也は申しわけない気持ちでいっぱいで俯《うつむ》く。染みつきでごめんなさい、的な。

しかしヴィルフリートはまったく臆《おく》することもなく、かといって無駄《むだ》に高圧的に振る舞うこともなく、スタッフに気軽に英語で話しかけてリクエストしていた。

「これを着てみろ。きっと似合う。プレタポルテでも裾《すそ》直しくらいなら、すぐに対応してくれるそうだ」

振り返ったヴィルフリートと、近づいてきたスタッフに促《うなが》されて、幹也はフィッティングルームへと向かう。

スーツといってもビジネスタイプではなく、絹と麻《あさ》のカジュアルなシルエットだったので、ジャケットは問題なかった。

「ふつうは裾直しの日数がかかるんじゃないですか？」

パンツの裾丈《すそたけ》を調整しているスタッフにそっと尋《たず》ねると、完璧《かんぺき》な営業スマイルを返された。

「お急ぎであれば、できるだけご希望に添《そ》うようにしております」

客のランク次第ではわがままにも応じる、ということか。

奥のサロンでお茶を供されてひと息ついていると、服が仕上がったと伝えられる。

「早……ありえない」

感心するよりも呆《あき》れて呟《つぶや》いた幹也に、ヴィルフリートは首を傾《かし》げた。

「そうでもないだろう。手際《てぎわ》がいい職人なら当然だ」

いや、ふつうは買ってすぐなんて応じないんだって。

こういった店はたいてい販売《はんばい》だけで、アトリエや専用工場に品物を送って直しや修理をするから日数がかかる。

おそらく近くのホテルにでも持ち込んだのだろう。高級ホテルには衣類の修繕《しゅうぜん》を請《う》け負う専門スタッフが常駐《じょうちゅう》していて、その技術も高い。

そんなサービスを尽《つ》くしてもいい客だと、店側はヴィルフリートを認めているということだ。

どこまで素性《すじょう》を明かしたのか、あるいはチップを弾《はず》んだのか知らないが。

ヴィルフリートのスーツは光沢《こうたく》のある黒のサマーウールで、シャツまで黒を選び、一歩間違《まちが》えばホストかチンピラのようだが、ノーブルな容姿がハイクラスのドレスアップという雰囲気《ふんいき》を漂わせる。サングラスも外しているので、銀髪《ぎんぱつ》とすみれ色の瞳《ひとみ》がますます印象深い。

思わず見惚《みと》れていた自分に気づいて、幹也は慌《あわ》てた。

「……そ、それで？　おしゃれしてどこへ行くんです？」

「和食が続いたからな。鴨《かも》が食べたくなった」

予約を済ませていたらしく、鴨料理で有名なフレンチレストランでは、スムーズに席に通された。メニューやワインもヴィルフリートが率先《そっせん》して選び、幹也は出る幕がない。

「全然役に立ってない気がするんですけど……」

香《かお》りも味も極上《ごくじょう》のワインを口に運びながら、幹也はひとり言のように呟いた。

「そんなことはない」

「ありますよ。今だって英語で通じてるし、通訳の必要がないでしょう。それなのについて回って、やたら高い服を買ってもらってるだけじゃないですか」

「着せる楽しみもある」

「脱《ぬ》がせる楽しみはないですけどね」

男が女に服を贈《おく》るときはそんな下心があると言われるが、幹也相手ではそれも叶《かな》わない。奢《おご》り損だろう。ヴィルフリートにとっては痛くもかゆくもない出費なのだとわかるけれど、受ける幹也は気が咎《とが》める。

「そうでもない。脱がせていいなら」

「お断りします」

軽口を叩《たた》き合いながらのディナーは、思いがけず楽しかった。本来畏《かしこ》まった食事は苦手な幹也で、どんなに料理の評判がよくても、仕事以外でテーブルマナーが必要な店には行かない。

しかしヴィルフリートの端正《たんせい》で優雅《ゆうが》な食べ方は目の保養で、それに気を取られて堅苦《かたくる》しさを感じさせない。よどみなく続く他愛《たわい》ない会話もそうだ。久しぶりに食事を楽しむ時間を過ごした気がする。

「もう少し飲みたいですね。俺が奢りますから、どこか行きませんか？」

日本の文化風俗《ふうぞく》に興味があるヴィルフリートだから、居酒屋辺りをリクエストされるかもしれないと予想しながら、幹也は誘《さそ》いをかけた。

最近だと立ち飲みとか……あ、こんなカッコだからホテルのバーとかかな？

「そうだな。行ってみたいところがある」

そう言ってヴィルフリートがリムジンを向かわせたのは、新宿二丁目《しんじゅくにちょうめ》だった。

「……ゲイバー？」

「興味深い。ハイメンダールにも何軒《けん》かあるはずだが、ひっそりと営業していているらしくて行ったことがなくてな」

「いや、行かなくてもいいと思いますけど。ていうか、俺も行ったことないですけど」

慌ててスマホを操作し、当たり障《さわ》りのない観光バーを見つくろった。それでも入店前にヴィルフリートを振《ふ》り返って確認《かくにん》する。

「居酒屋とかのほうがよくないですか？」

「それはまた次の機会に」

階段を下りて半地下のドアを開くと、ピンクの照明に彩《いろど》られた雑多な光景が飛び込んでくる。

「あぁら、いらっしゃ～い！　キャー、輸入物よー！」

固太りの身体《からだ》にひらひらした衣装をまとった人物に、野太い声で迎えられた。さっそくヴィルフリートに目を留めたらしい。

「どうぞどうぞ、二名様？　もう少ししたらショータイムよ」

ぐいぐいと背中を押されて魔境《まきょう》へ連れ込まれる。心配したが、ヴィルフリートは楽しそうだ。

ボックス席に座らされ、両脇《りょうわき》をオネエに挟《はさ》まれる。畳《たた》みかけるような自己紹介《しょうかい》を圧倒《あっとう》されながら聞きつつも、タイプは二通りに分かれていると冷静に観察していた。明らかに男とわかるコミカル系と、ふつうのスナックやバーにいそうな女と見まがう系。

「お兄さんすてきー。どこの国の人？　ウェアユーフロム？」

ヴィルフリートは「Britain」と答えた。まあ、そうしておくのが無難だろう。

「ええ〜っ、アタシが行ったときには、こんないい男いなかったわよ」

「生息地が違《ちが》うのよ。あんたが行ったのはピカデリーサーカスでしょ。それも間違って、本物のサーカスに行っちゃったんでしょ」

「玉乗りさせられたのよねー、ぎゃはは」

「なによ、棒にも乗ったわよ！　極太《ごくぶと》のやつに！」

……なんというか……すごい。

ヴィルフリートは涼《すず》しい顔で微笑《ほほえ》んでいるが、こんなときは日本語がわからないのが羨《うらや》ましい。

やがてショーが始まり、それはそれなりに見ごたえがあった。ことに手術を施《ほどこ》していると、ふつうに女性ショーダンサーに見える。

「ちょっと見分けがつかないな……」

ステージに目を向けたまま幹也がそう囁《ささや》くと、隣《となり》でヴィルフリートが含《ふく》み笑った。

「なんですか？」

「いや、初恋《はつこい》の君もそうだったかもしれないぞ」

「はあっ？」

思わずヴィルフリートのほうを見ると、きらきら輝《かがや》く瞳《ひとみ》と視線が合った。ミラーボールを反射して、まるで万華鏡《まんげきょう》のようだ。

「なに？　彼女が女装してたっていうんですか？　そんなわけありません！」

「でも見分けがつかないんだろう？　絶対ないとは言い切れない。ハロウィンならそういう仮装もありだろう」

　なんてことを言うのだ、この男は。失礼な。

　ヴィルフリートに対して次第《しだい》に好感を持っていたのに、このひと言でメーターがぐんぐん落ちていった。

「……そういうこと言って、なにが楽しいんですか？」

「いや、べつに？　単に可能性があるだろうという話だ」

　幹也が睨《にら》んでも、ヴィルフリートはステージに目を向けて惚《とぼ》けている。

　心当たりがあるって言ったじゃないかよ。それがなんで急に男なんだ。あ、もしかして……。

　ヴィルフリートもまた初恋の君を憎《にく》からず思っているとか、そういうことだろうか。だから幹也を排除《はいじょ》したいとか。

　そう考えると、心当たりがありながら教えてくれないのも納得《なっとく》がいく。

　冗談《じょうだん》じゃない。そんなありえない話を鵜呑《うの》みにして、諦《あきら》めるもんか。

ほとんどの時間をヴィルフリートと過ごす毎日だが、午前中の数時間だけヴィルフリートはホテルのスポーツクラブで汗《あせ》を流《なが》す。最初はそれにもつきあえと言われたが、雑用に充《あ》てる時間として拒否《きょひ》した。内情はひとりでほっと息をつく時間だ。

なにしろアクティブな公爵《こうしゃく》さまなので、基本インドア派の幹也には観光につきあうだけで精いっぱいだ。

しかし意外にも夜の外出は比較的《ひかくてき》少なく、夕食後は自室に戻《もど》ってしまう。

初めのうちは幹也もリビングで待機していたのだが、いっこうに部屋から出てこないヴィルフリートを待って数晩が過ぎた。

そのうちたまたま部屋を出てキッチンへ向かうヴィルフリートと顔を合わせ、「なにをしてる」と逆に訊《き》かれた。

「なにって……いえ、なにかのときにすぐ対応できるように」

「まさか、毎晩そうしていたのか？」

「ええまあ、一応……」

それを聞いたヴィルフリートはふっと笑った。

「それは悪かった。夜は基本的にルーティンワークをこなしている。ああ、そうだ。せっかくだから一緒《いっしょ》に鑑賞《かんしょう》するか？」

「は？　なにを？」

一瞬《いっしゅん》仕事かと思ったが、鑑賞なら違う。趣味《しゅみ》の時間を楽しんでいたのだろうか。音楽とか映画とか。

「今夜はアメリカものだ。女優の演技が大げさだが、画像は鮮明《せんめい》だな。まあ、はっきり見えすぎるのも善し悪《あ》しだが」

……それって、つまり……。

「ああ、ひとり美女がいたぞ。なんとかいうハリウッド女優によく似た……整形かもしれないが、どうせなら胸も大きくすればいいのに」

エロ動画かよ！

おそらく間違いない。それがルーティンワークだなんて、とんだエロ公爵だ。では幹也は、ヴィルフリートが脂下《やにさ》がってアダルト動画を見ている間、そうとも知らずに呼び出しがかかるのを手持ちぶさたで待っていたということか。ばからしい。

「け、けっこうです！」

「遠慮《えんりょ》しなくてもいい。ああ、せっかくだから日本ものも見たいな。幹也のお勧《すす》めを紹介してくれてもいいぞ」

セクハラだ！　パワハラか!?

無駄《むだ》な時間を過ごしていた自分が悔《くや》しいやら、ヴィルフリートの新たな一面を知って腹立たしいやらで、頭がぐるぐるする。

「見ないって言ってるでしょう！　勝手にひとりでサカってください！」

思わず言い過ぎたかとはっとする。仮にも相手は現在の雇用主《こよう》で、しかもやんごとなき血筋のお方だというのに。

しかし、ヴィルフリートはけろりとしたものだった。

「たしかにひとりで愉《たの》しむものだな。興奮してそばにいる幹也に襲《おそ》いかかるかもしれないし」

なんてことを言うのかと思いながら、想像してしまって幹也は壁《かべ》に背中を押しつけた。

「そういうことだから、今後は好きに過ごしてくれてけっこうだ。用があればあらかじめ伝える」

ヴィルフリートは冷蔵庫からミネラルウォーターのボトルを取り出すと、くすくす笑いながらキッチンを出ていった。

エロ動画のお供が、ワインでもウィスキーでもなくて水かよ？

嫌《いや》な話だが、それくらい真剣《しんけん》に見ているということだろうか。酔《よ》っ払《ぱら》ってぼやけた意識で見るなんて許せない、とか。

とにかくそれ以後、幹也もまとまったプライベートタイムが確保できることになった。

ヴィルフリートがホテルのスポーツクラブに出かけている午前中、幹也はオフィスへ日誌代わりの報告書をメール送信した後は、初恋の君の手がかりを得るべく、インターネット検索《けんさく》に勤《いそ》しむ。新たな情報は、ヴィルフリートが言っていたおしるしのようなモチーフだろう。

「バラ……モチーフ……ハイメンダール……」

期待するような結果が出ないのは英語のせいかと、ヨーロッパのめぼしい言語でも検索してみるが、そういった慣習すら出てこない。

「バラ――だよなあ……？」

幹也はペンダントをつまみ上げて見つめた。どうにかしてヴィルフリートからもう少しヒントを引き出すことはできないだろうか。

そこに電話の呼び出し音が鳴った。

『フジ電工の藤原《ふじわら》と申します。グランアシストの高原さんのお電話でしょうか？』

「あ、はい」

フジ電工はヴィルフリートの会社フォルストカンパニーの商談相手だ。担当者名が藤原毅彦《たけひこ》という創業者一族の人間だとも聞いている。

『すでに公爵が来日されてバカンス中と聞きまして、先にお食事でもと――』

内容が接待の打診《だしん》とわかり、幹也はやんわりとストップをかけた。

「そういうことでしたら、私ではなく秘書のクライン氏にご連絡《れんらく》願います。公爵のスケジュールも把握《はあく》していらっしゃるでしょうし」

『いやあ、しかし通訳の方に相談させていただいたほうが、話も早いでしょう。聞くところによると、観光にも高原さんが同行なさっているそうじゃないですか』

なにを言っているのだろう。そういう問題か。子どもじゃあるまいし、正面からアプローチすればいい。

「とにかく私では決められないので、申しわけありませんが失礼します」

幹也はそう言って電話を切り、部屋を出た。今夜は歌舞伎《かぶき》を見に行くことになっていたので、近辺で食事に適した場所を、ホテルのコンシェルジュに尋《たず》ねるつもりだった。幹也自身も接客用に地域ごとの飲食店はチェックしているが、プロには敵《かな》わない。

コンシェルジュにいくつかの店のデータをプリントアウトしてもらい、エレベーターホールに引き返そうとした途中《とちゅう》で、人影《ひとかげ》が立ちふさがった。

「高原さんですね？」

「……そうですけど」

相手が名乗る前に気づいた。先ほどの電話の声だ。フジ電工の藤原毅彦。

担当者と聞いていたが、思っていたよりも若い。三十をいくつか過ぎたくらいだろう。ビジネススーツだが、クレリックシャツと柄物《がらもの》のネクタイが軽い印象だ。人によってはいい男に分類する容貌《ようぼう》かもしれないが、初対面にしては笑顔《えがお》が馴《な》れ馴れしすぎる。

「先ほどお電話した藤原です。高原さんにもご挨拶《あいさつ》をと思って、実はここまで来ていました」

「ああ、そうですか。それはご丁寧《ていねい》に」

「これはご挨拶の印に――」

いきなり封筒《ふうとう》を渡《わた》されそうになって、幹也は慌《あわ》てた。菓子《かし》折《おり》の類《たぐい》ならともかく、どう見ても商品券か現ナマ――。

「いいえ！　そんなお気《き》づかいは無用ですから。それから先ほども申し上げたように、アポイントメントは公爵の秘書に直接お願いします」

「そんなこと言わずに、お願いしますよ。いいじゃないですか」

なにがいいのか。全然よくない。これが日本が誇《ほこ》る大企業《だいきぎょう》のやり方なのか。

フジ電工といえば、幹也も気に入って愛用している製品がある。製品は評価されているし、アフターケアもしっかりしていて、いい会社だと思っていたのに、こんなやり口を当たり前のようにしているならがっかりだ。

「とにかく受け取れません」

「公爵があなたを大変気に入っていると聞いていますよ。ちょっと口添《くちぞ》えしてくれれば、今後がずいぶんとスムーズになる――」

「やめてください。フジ電工ともあろう会社が」

聞かされるだけでも不快になって遮《さえぎ》ったが、藤原は幹也を壁に追いつめるようにして見据《みす》えた。

「なにがですか？　仕事のために必死になったら悪いんですか？　目的のためにあらゆる手を尽《つ》くしてこそでしょう」

それは違《ちが》う——と言いかけた幹也だったが、はっとした。

自分もまた、初恋《はつこい》の君の手がかりを得るために、ヴィルフリートにつきあっていると言えなくはない。彼の歓心《かんしん》を得るように心がけてもいる。

藤原の行動は会社のためなのだから、個人的な目的のために動いている幹也よりまだましなのではないか。

そう思ってしまうと、俯《うつむ》くしかなかった。

「……申しわけありませんが、連絡は秘書の方にお願いします……」

「わかりました。では、これだけ公爵《こうしゃく》にお渡し願います。来月発売される新製品の音楽プレーヤーです。なに、他《ほか》にはなにも入っていませんよ」

藤原は幹也に社名が入った手提《てさ》げ袋《ぶくろ》を押しつけると、踵《きびす》を返した。

藤原からの土産《みやげ》は、ヴィルフリートに放置されていたらしい。数日後、カミル宛《あ》てに、クルーザーはいつ利用するのかと問い合わせがあった。

「紙袋の中にクルーザーのキーが入っているそうですよ。利用日にはスタッフを用意しておくから、と」

「クルーズか。悪くない。じゃまな品物を押しつけてくるよりは、気が利《き》いている」

暑がりだから海など行きたがらないかと思っていたが、意外にもヴィルフリートは乗り気だった。

「葉山《はやま》に停泊《ていはく》させてあるそうですよ。いつにします？」

「いつでもいいだろう。勝手に行く。クルーザーくらい、動かすのにわけはない」

そう言ったヴィルフリートを、幹也は驚《おどろ》いて見た。船舶免許《せんぱくめんきょ》を持っているのか。

「驚くようなことか？　我が祖先はヴァイキングだぞ。小舟《こぶね》くらい操《あやつ》れなくては、顔向けができん」

得意げににんまりとしたヴィルフリートに、カミルが口を挟《はさ》んだ。

「船の操縦以上に得意なのが泳ぎですよね。いっそ幹也を背中に乗せて泳いできたらどうですか？　日本には、亀《かめ》が若者を乗せて海のお城に連れていくという昔話があるそうですよ」

「なるほど。ハイメンダールの我が屋敷《やしき》まで連れていくか」

「パスポートを忘れずに」

冗談《じょうだん》はともかく、借り物である以上は日程を伝えておくと、カミルは締《し》めた。

この人たちの話は冗談なのか本気なのかわからないな……国民性なんだろうか。

そうだとしたら、初恋の君のあの手紙も、ちょっと感傷的なただの社交辞令だったのだろうか、とふと思う。いや、そんなことはない――と思いたい。

そして当日――いつものようにリムジンでヴィルフリートと葉山まで向かった幹也は、桟橋《さんばし》に停《と》められていた白いクルーザーに目を瞠《みは》った。

「うわ……」

いわゆるメガヨットと言われるタイプで、全長は二十メートル近くあるだろう。二階建てのような造りになっていて、キャビン部分はちょっとしたホテルの客室くらいの間取りがありそうだった。モーターボートに毛が生えたくらいのものを想像していた幹也は、圧倒《あっとう》されて仰《の》け反りながらその威容《いよう》を見つめる。

そのカギをぽんと預けておくのだから、藤原本人の所有なのだろうか。創業者一族はやはり一介《いっかい》の会社員とは違う。

しかしこれが藤原に似合うかと考えると、断然ヴィルフリートのほうがさまになる。

どっちにしても、いかにもなセレブの象徴《しょうちょう》……。

「小さいな……」

しかし隣《となり》の公爵は呟《つぶや》いた。

「どこが⁉　ていうか、これをあなたが動かすんですか？　だいじょうぶですか⁉」

「車と大差ない」

「そっちの腕前《うでまえ》も知りません！」

涼《すず》しい顔で言い放つヴィルフリートだが、幹也は気が気ではなかった。一蓮托生《いちれんたくしょう》になる自分もそうだが、なによりヴィルフリートの安全が心配だ。

操縦士はいらないと藤原に伝えたようだが、カミルはボディガードに別船で海上に出るように指示してあると言っていた。しかしそれでも、いざというときに真っ先になんとかしなければならないのは幹也なわけで――。

俺はただの通訳兼《けん》ガイドだって！　泳ぎなんて自慢《じまん》じゃないが、自分ひとりで浮《う》いてるのがせいぜいだぞ！

「これはバルヒェット公爵、ようこそ！」

声に振《ふ》り返ると、藤原が大仰《おおぎょう》に両手を上げて近づいてくるところだった。ボーダーTシャツに白いジャケットを羽織り、本人までクルーズに参加しそうな格好だ。ヴィルフリートの手を両手で握《にぎ》り、満面の笑みを浮かべる。

「改めて初めまして。フジ電工の藤原毅彦です。このたびはご招待を受けていただき、プランを立てた私もとても嬉《うれ》しく思っています」

藤原の英語に対して、ヴィルフリートはなんの反応も示さない。

……はいはい。俺の出番ってことね。聞こえてるくせに。

幹也はハイメンダール語で同じ台詞《せりふ》を伝える。

「是非《ぜひ》にというわりにはちゃちな船だな。俺のクルーザーのほうがずっといい。それに必要経費は会社から出ているんだろう。自分の手柄《てがら》のように言うな」

「あーっ、えっとですね！　気の利いた招待に感謝していると。天気もよく、楽しいレジャーになりそうだとおっしゃっています」

　藤原はハイメンダール語を知らないとわかっていても、心臓に悪い。ヴィルフリートの言葉は幹也にも頷《うなず》けるが、面と向かって言うことではないだろう。

「そうですか。ハイメンダールも日本と同じく島国ですからね。船も海もお好きに違いないと思っていました」

　幸か不幸か藤原は得意げに頷き、背後を振り返って片手を上げた。藤原が乗ってきたワゴンから、女性がわらわらと出てくる。国際色豊かというか、日本人だけでなく欧米人《おうべい》や濃《こ》い色の肌《はだ》の女性もいて、しかもみなきわどい水着に薄《うす》い生地《きじ》のストールやパレオをまとっただけだ。

　うわあ、出た！　さっそくピンクな接待かよ。

　まさか日中の屋外にまで女性を持ちこむとは、無理やり感が半端《はんぱ》ない。それほど必死なのかと言いたくなるくらいだ。

　ＣＥＯであるヴィルフリート自ら出向くくらいだから、商談はほとんど決定したようなもので、今後の詳細《しょうさい》を詰めるのかと思っていたが、実際はまだまだこれからなのだろうか。だから接待にも余念がないのか。いきすぎて空回りしているように、幹也には思えるが。

「操縦士やスタッフは不要とのことでしたので、せめてホステスをご用意させていただきました。どうか同船させてやってください」

幹也はうんざりしながらも、例によって形ばかりの通訳をしようと視線を向けると、ヴィルフリートは冷めた目つきで女性たちと藤原を見ていた。

「NO！」

初めて直接藤原に告げ、続いてハイメンダール語でまくし立てる。

にわかにヴィルフリートの機嫌《きげん》が悪くなったのを察してか、呆然《ぼうぜん》とする藤原に、幹也も今度はヴィルフリートの言葉をそのまま伝えた。

「よけいな気づかいは不要とのことです。ひとりで楽しむから、そのほうが気楽でいい、と」

「しかし――……そうですか。では、お気をつけて……」

言い返そうとしてヴィルフリートにひと睨《にら》みされたのが効いたのか、藤原はおとなしく引き下がった。

ヴィルフリートに促《うなが》されてクルーザーに乗り込み、ハーバーを出てしばらくすると、ヴィルフリートは鼻歌交じりで操舵《そうだ》輪を操っていた。藤原の前で不機嫌そうにしていたのはポーズで、背を向けて離岸《りがん》の準備を始めたころから、幹也には嬉々《きき》とした表情が見えていた。

「よかったんですか？　女性たちを置いてきてしまって」

「クルージングに必要か？」

「俺の意見はともかく、場が華《はな》やぐのは確かですから。公爵ともあろう者が、通訳ひとり連れてクルーズなんてわびしい、せっかくのもてなしを断るなんて変わり者だ、と思われたんじゃないですか？」

「どうでもいい相手にどう思われようとかまわない。あんなけばけばしい女たちにうろつかれてもじゃまなだけだ」

「ゲイバーのほうが、けばけばしさでは上だったと思いますけど」

「彼らはサービスのなんたるかをわきまえている。じゃまはしない。それに今日の目的は、幹也とふたりで海を楽しむことだからな」

濃いサングラス越《ご》しだったが、すみれ色の瞳《ひとみ》が柔《やわ》らかく細められているのが想像できて、図《はか》らずもどきりとした。

「……なんですか、その言い方。口説かれても困るんですけど」

ヴィルフリートは朗《ほが》らかに笑った。潮風がたちまち笑い声を後方へ押しやる。

「思い上がるな、他意はない。強《し》いて言えば、俺の操舵の腕前を見せつけてやろうというところだ」

「ほとんど機械任せでしょう」

そう返したものの、たしかに操舵輪を握るヴィルフリートは格好いい。こういう男っぽさは同性でも憧《あこが》れるものだ。

しばらく潮風と海原《うなばら》の景色を堪能《たんのう》してから、ヴィルフリートは沖合《おきあい》でクルーザーを停め、アンカーを下ろした。スタッフは不要と豪語《ごうご》したくらいだから、ヴィルフリートの動きは実に無《む》駄《だ》がなくてきぱきとしている。

「さて、キャビンを探検するか。出航前はうるさくて見る暇《ひま》もなかったからな」

螺旋《らせん》階段の下は、広々としたサロンになっていた。バーカウンター兼用《けんよう》のキッチンもあり、冷蔵庫には各種飲み物の他《ほか》に、オードブルや温めるだけに仕上がった料理、ケーキまで収まっていた。

他にはベッドルームが二室、シャワー室もある。

「本気で泊《と》まれそうですね」

「泊まるか？　それなら今夜の食事を調達しなければな」

ヴィルフリートが持ちだしたのは釣竿《つりざお》だった。

「いえ、泊まるのは遠慮《えんりょ》します」

「じゃあ、釣りではなくシュノーケリングにするか」

トランクルームを覗《のぞ》くヴィルフリートを、幹也は慌《あわ》てて止めた。マリンレジャーの準備はあらかた整っているらしい。ちらりとダイビング用のタンクまで見えた。

足が着かない水の中に潜《もぐ》るなんて冗談《じょうだん》じゃない。ヴィルフリートにやたら格好いいところを見せつけられているのだから、幹也だってみっともないところは見せたくない。

「つ、釣りがいいですね！　なにが釣れるんでしょう？」

釣りなら成果がなくても、運と言いわけすることができる。どういうわけかここにきて、幹也はヴィルフリートに張り合いたい気持ちだった。

もともとの立場からしてまったく違《ちが》うわけで、あらゆる点でヴィルフリートのほうが上なのだが、だからこそこれ以上差を開けられたくないというか、失望されたくないというか――よくわからないけれど、ヴィルフリートにがっかりされたくない。

甲板《かんぱん》に出て、並んで釣り糸を垂らす。冷蔵庫にはエサ用の小魚や切り身なども用意されていたので、それを使った。

「ん……？　幹也、引いてないか？」

「えっ？　そうですか？」

正直なところ釣りもほぼ未経験だったので、引いているのかどうかもよくわからない。しかも停止しているとはいえ、波に揺《ゆ》られている船上だ。

慌ててリールを回すと、幹也にもはっきりと魚の動きが伝わってきた。

「うわあ、釣れてる！　どうしよう！」

「釣り上げればいいだろう」

ヴィルフリートは呆《あき》れたような声ながらも手を伸《の》ばして、ふらつく釣竿を摑《つか》んでくれた。それだけで、どの程度の魚が引っかかったのか察したらしい。

「これは大物だ。幹也、腕《うで》がいいな」

「えっ、本当ですか？」

勢いづいてリールを巻き上げた幹也の眼前で、銀色の魚が跳《は》ねた。

「あれ？　ちっさ！」

実物を見たせいか、あれほどの手ごたえも失《う》せたような気がして、軽く糸を引き寄せた。

「なんだ、どこが大物なんですか」

「活《い》きがいいアジじゃないか。上出来だ」

ヴィルフリートは針を外して、氷を詰《つ》めたクーラーボックスにアジを放《ほう》り込んだ。

「ほんとはばかにしてません？」

「まさか。先を越《こ》されたのに。まあ、これからが勝負だな」

しばらくそれぞれ待ちの態勢になった。しかし幹也は落ち着かない。今のところリードしているが、たった一匹《ぴき》だ。すぐに逆転されてしまうだろう。

すぐにアジだってわかったくらいだし、けっこう釣りもやるってことだよな。

初心者の幹也では敵《かな》わないと言いわけもたつが、先に一匹釣っただけに負けたくない。

しかし小一時間経《た》っても魚はかからなかった。数メートル離《はな》れたところに立つヴィルフリートをたびたび盗《ぬす》み見ながら、幹也は焦《あせ》り始める。

それにしても、ヴィルフリートの泰然《たいぜん》としたさまはどうだろう。釣竿を構えた姿も絵になるが、それが決して釣りメインになっていないというか、この状況《じょうきょう》すべてを優雅《ゆうが》に楽しんでいるように見える。

海風が髪《かみ》を嬲《なぶ》るのも、ときおり飛沫《ひまつ》が跳ねるのも、ふだんは嫌《いや》がる陽光の強さも。長袖《ながそで》のシャツを無造作に肘《ひじ》まで捲《まく》り上げているのだが、そのラインにまで惚《ほ》れ惚《ぼ》れした。

ヴァイキングの子孫だって言ってたな……。

幹也の貧困なイメージでは、アニメや映画のひげもじゃなむくつけき荒《あら》くれ者という印象だが、ヴィルフリートのようなタイプが主役になったら、きっと人気を博すだろう。

「よし、追いついたぞ」

「ええっ？」

はっとして目を瞬《しばた》くと、ヴィルフリートが糸を巻き上げていた。釣竿が撓《しな》り、糸がぐいぐいと踊《おど》る。いかにも大物っぽい。

「うわあっ、出た！」

飛沫を上げて宙に飛び出たのは、海面に影《かげ》が映るほど大きな魚だった。五十センチ近くあるだろうか。

「ほお、カツオだ」

ヴィルフリートはさほど驚《おどろ》きも感激もせずに、カツオを掴むとクーラーボックスに投げ入れた。幹也が釣ったアジと並ぶと、その大きさが際立《きわだ》つ。

「すご……」

「まるで俺と幹也だな」

感心していた幹也だが、それを聞いてヴィルフリートに食ってかかった。

「そこまで差はないでしょう！　せいぜい十センチくらいです」

「その十センチが可愛《かわい》い」

ヴィルフリートは背中から幹也を抱《だ》きしめてきた。

なっ、なに⁉

「ちょっ、ふざけないでくださいってば」

「ふざけていない。本気だと言ったら？」

耳元に吐息《といき》が吹《ふ》きかかる。離れなければと思うのに、密着するヴィルフリートの感触《かんしょく》になぜか鼓動《こどう》が乱れた。まるで幹也もこの状況に期待をしているような――。

いや、違うし！　ていうか本気ってなんだよ？　ふざけてなければ嫌がらせか？

「完全にふたりきりで、またとない機会だ。幹也、俺は――」

「放せって――あっ……！」

思いきり身を捩《よじ》ってヴィルフリートの腕から逃《のが》れ出た幹也は、放り出していた竿《さお》に躓《つまず》いてよろめいた。とっさに船べりの手すりに摑まろうとしたが、指先がペンダントのチェーンに引っかかった。ぶつっと小さな衝撃《しょうげき》を感じ、次の瞬間《しゅんかん》ペンダントヘッドが滑《すべ》り落ちる。

嘘《うそ》、やばっ……。

カツン、と手すりで弾《はじ》かれたペンダントヘッドは、海へと弧《こ》を描《えが》いた。

「ああっ……！」

呆気《あっけ》ないほど無情に水中に沈《しず》んでいく。余韻《よいん》もなく見えなくなって、現実かと疑うくらいだ。

「……嘘だろ……」

初恋《はつこい》の少女からもらったペンダント。名前も住む場所も知らない彼女の唯一《ゆいいつ》の手がかりで、あのときからずっと大切に肌身《はだみ》離《はな》さずいたのに――こんなに呆気なく失《な》くしてしまうのか？

――だめだ！

「幹也！　なにをする！」

気づけば手すりに足を掛《か》けて、乗り越えようとしていた。そんな幹也をヴィルフリートが羽《は》交《が》い締《じ》めにして止める。

「放してください！　ペンダントが――」

「無茶《むちゃ》だ。諦《あきら》めろ」

「諦めろ……？」

幹也は背後を睨《にら》み上げた。しかしヴィルフリートの表情もまた真剣《しんけん》だった。

「なんの準備もせずに飛び込む気か？　拾い上げるどころか流されるぞ」

「だって、このままじゃ……」

波打つ海面に視線を移した。こうして船の上にいるからこそ穏《おだ》やかに見えるが、水中は絶えず流れていることだろう。泳ぎが得意とは言えない幹也が潜って、どうなるものでもない。そもそも潜っていける技量があるかも怪《あや》しい。

　では、ヴィルフリートの言うとおり諦めるのか。大切なものなのに？　彼女との唯一の繋《つな》がりなのに？

　……嫌だ。

「やっぱり俺、捜《さが》しに――」

「わかった。俺が行く」

「えっ？」

　目を見開く幹也の前で、ヴィルフリートはシャツを脱《ぬ》ぎ捨てた。裸足《はだし》になって手すりを乗り越える。

「落ちたのはこの辺だな？」

「待って！　危ない！」

　幹也は思わずヴィルフリートの腕を摑んだ。しかしその手を押し返される。

「でも自分で行く気なんだろう？　危ないと思っているなら、なおさら幹也には行かせられない」

　ヴィルフリートは微笑《ほほえ》んで、幹也の頰《ほお》を撫《な》でた。

「行ってくる――」

「ヴィル――……！」

船べりから飛び込んだのに、不思議なほど水飛沫《みずしぶき》が上がらなかった。逆さまになったヴィルフリートの姿が、たちまち消えていく。

「え……？　ええっ、どうしよう……」

あまりにも突然《とつぜん》のことで、だんだん事態が把握《はあく》できてきた幹也は青ざめた。暑いくらいの日差しの中で、震《ふる》えが走る。

いったいどのくらいの水深があるのか。なんの器材も身につけず、人間がどこまで潜《もぐ》れるものなのか。

なんでもっと全力で止めなかったんだよ！

激しく自分を責めるが、もうヴィルフリートを呼び戻《もど》すすべはない。じゃあどうする？　ただこうして待っているのか？　それでいいのか？　ヴィルフリートが海に潜ったのは、ペンダントヘッドを捜すためだ。幹也のせいだ。

幹也が潜るよりはよほどましだというようなことを言っていたけれど、いくらヴィルフリートが泳ぎが得意だとしても、素潜《すもぐ》りで十数メートルも行けるとは思えない。当然この大海原《おおうなばら》では、ただヴィルフリートを危険に晒《さら》しているだけではないか。

あんな小さなものを見つけられるはずもない。

「……た、助けなきゃ……」

我知らず幹也はそう呟《つぶや》いていた。そうだ、助けなければ。なにをぼうっとしていたのだろう。

こうしている間に、何分時間を無駄《むだ》にしてしまったことか。

そうだよ、何分経《た》ったんだ……？　そんなに長い間、息継《いきつ》ぎなしでいられるわけがないじゃないか！

すでに手遅《ておく》れかもしれない――そう思ってぞっとした。王族でもあるＶＩＰにもしものことがあったら、幹也個人の不手際《ふてぎわ》では済まないとか、へたをすれば国際問題だとか、雑多な思いが頭の中を渦巻《うずま》いた。

しかしそんなことよりも、ヴィルフリートがどうにかなってしまうことが怖《こわ》い。恐《おそ》ろしい。絶対に嫌《いや》だ。

あのきれいなすみれ色の瞳《ひとみ》が、もう自分を見てくれないなんて――。

幹也はもう一度手すりを掴《つか》んでそれを跨《また》ぎ越《こ》え、今度こそ海に飛び込もうとした。そして波立つ海面を見つめながら大きく息を吸い込んだとき――。

……え？　あれは……。

海中に白っぽい影が生まれた。それはたちまち大きくなって、人型を表す。飛び出した片手が大きく飛沫を上げたかと思うと、続いて銀褐色《ぎんかっしょく》の頭部が浮《う》き出た。

「……ヴィルフリート……！」

自分の顔をひと撫でしたヴィルフリートは、クルーザーの外側で手すりにしがみつく幹也を見て、驚きの声を上げる。

「なにをしてる！　早く甲板《かんぱん》に戻れ！」

戻れって、なにを言ってるんだ。ああ、でも無事だったのか。本当に……？　どこもけがをしていないのか？　帰ってきた。帰ってきてくれた……。

安堵《あんど》と嬉《うれ》しさとまだ残る不安で動けなくなっている幹也に気づいてか、ヴィルフリートは飛び込む前に下げておいた梯子《はしご》を上り始めた。それを見て、幹也も夢中で船の内側に転がり込み、ヴィルフリートの元へ駆《か》けつける。

「ヴィルフリート！　けがは!?　なんて無茶をするんですか！　もう、信じられない！」

全身に目を走らせたが、出血や目立った傷は見当たらなかった。彫刻《ちょうこく》のように美しい肉体が、陽光に輝《かがや》いている。

「おまえが飛び込もうとするからだろう。幹也がやったら間違《まちが》いなく無茶な行動だが、俺にはどうってこともない。ヴァイキングの子孫を舐《な》めるな」

すっくと立ったヴィルフリートは、息さえ荒《あら》らげていなかった。厚い胸板《むないた》は上下していたけれど、それのなんて頼《たの》もしいことか。

しかし、こんな思いをさせられるのは二度とごめんだ。心配でどうにかなりそうだった。今も、幹也のほうが酸欠になりそうだった。

「……心配した……」

図《はか》らずも声が震える。

「ああ、安心しろ。ちゃんと見つけた」

眼前につまみ上げられたのはバラを刻んだペンダントヘッドで、幹也は目を見開く。

「……まさか……」

こんな小さなものを、海の中から見つけたというのか。ありえない。そう思うと同時に、自分がいかに無茶なことをしようとしていたか気づいた。泳ぎの優劣《ゆうれつ》の問題ではない。見つけ出すこと自体が不可能に近い。

それなのに、ヴィルフリートは取り戻してくれた。幹也のわがままどころか無理難題に他《ほか》ならない希望を叶《かな》えてくれた。

鼓動《こどう》が高鳴る。溺《おぼ》れてもいないのに息が苦しい。嬉しいよりも申しわけないような、感謝しきれないような——なんだかよくわからない。感動だろうか。

「海に出たら、財宝を持ち帰るものだからな」

ヴィルフリートはいつものような軽口を叩《たた》いて、口端《こうたん》を上げる。

『バルト海の金剛王《こんごうおう》』なんて異名を持つわりには、威厳《いげん》もなく軽くて今どきの男だとばかり思っていたが、いざというときにはこんなにも頼もしいのか。

海に飛び込もうとした幹也を止めるだけなら、ヴィルフリートが代わりに潜る必要などなかった。ペンダントヘッドを落としたのも幹也の過失で、ヴィルフリートにはなんの責任もないのだから。

それを代わりに行くと言い、言葉どおりにペンダントヘッドを見つけて戻ってきた。

苦しい。嬉しいし、感動しているし、でも本当に苦しくて――。

「……ありがとう……」

「なぜ泣く？」

幹也を見下ろすすみれ色の瞳が、戸惑《とまど》うように揺《ゆ》れた。

「え……？　そんな――」

泣いてなどいないと思いながらも、ペンダントヘッドを握《にぎ》った手で頬に触《ふ》れようとした幹也は、ふいに強い力で抱《だ》きしめられた。ガーゼ素材のシャツがたちまち湿《しめ》ってくる。それ以上に強く伝わってくるのは、硬《かた》い筋肉の感触《かんしょく》とその冷たさだ。

自分のせいで冷えた身体《からだ》を、一刻も早く温めなければならないと思った幹也は、ヴィルフリートを抱きしめ返した。冷静に考えればタオルで身体を包むなり、シャワーを使わせるなり、いくらでももっと有効な方法があったのだが、とにかくなんとかしなければならないと気が急《せ》いた。

「……幹也――」

大きな手が幹也の後頭部を撫でる。促《うなが》されるように自然と顔が上がって、ヴィルフリートと視線が合った。

ああ、よかった……。

またこの目を見ることができた。しかも幹也がその中に映っている。間違いなくヴィルフリートがここにいる証拠《しょうこ》に思えて、幹也は知らず微笑《ほほえ》んだような気がする――。

影《かげ》が落ちて陽光が遮《さえぎ》られたと思った瞬間《しゅんかん》、冷たい感触が唇《くちびる》を覆《おお》った。しかしそれもつかの間、ずっと熱いものが幹也の口中に押し入ってくる。

「……んっ……」

デッキシューズが甲板の床《ゆか》に擦《こす》れてキュッと鳴った。膝《ひざ》が崩《くず》れそうになった幹也を、ヴィルフリートの腕《うで》がしっかりと抱き寄せる。

え……？　なに？　キス……？

ヴィルフリートがなぜ自分にこんなことをするのだろうと、当然の疑問が頭に湧《わ》き上がるが、不思議と身体は拒絶《きょぜつ》のために動かなかった。一瞬離《はな》れた幹也の手も、先ほどよりもっとしっかりとヴィルフリートの背中に回る。

角度が変わってさらに深く忍《しの》び込んできた舌が、頬《ほお》の内側や上顎《うわあご》を撫《な》で擦《さす》り、幹也を震わせた。

「……ふ、んんっ……」

世界には同性同士だろうと接触《せっしょく》過多な挨拶《あいさつ》をする国もあるが、これはどう考えても性愛含《ふく》みのキスだ。そう思うのになぜだろう、拒《こば》む気になれない。むしろ肉体的な刺激《しげき》を呼び起こされるたびに、もっとしてほしいと思ってしまう。

ホテルに泊《と》まり込み状態になってかれこれ二週間を過ぎ、当然のことながら他人との性的な接触はない。しかし幹也のこれまでの人生はそんなものだ。初恋《はつこい》の少女の面影《おもかげ》を引きずっているせいか、彼女ができてもほどなくして振《ふ》られることの繰《く》り返しだ。

セックスに関してもさほど積極的になれず、こんなものか程度の快感なので執着《しゅうちゃく》が薄《うす》い。

それがなぜヴィルフリートとのキスで、こんなに昂《たかぶ》ってしまっているのだろう。見渡《みわた》す限りの大海原《おおうなばら》といっても、陽光が降りしきる屋外だ。しかもカミルの言葉どおりなら、ボディガードがどこかで目を光らせているかもしれない。

「んぅっ……」

舌を強く吸われて、気が遠くなりそうに心地《ここち》よかった。思わずヴィルフリートの背中に爪《つめ》を立ててしまい、手の中からペンダントヘッドがこぼれ落ちる。

カツ……ン……！

乾《かわ》いた音に、はっと目を見開いた。同時に夢から覚めたようになった幹也は、慌《あわ》ててヴィルフリートの胸板を押し返そうとした。なにも意図していない、無意識の動きだった。

しかしヴィルフリートの腕は幹也を放さず、逆に力を込めてくる。

えっ……？　そんな……まずい……！

キスの最中は戸惑いながらも離れたくない、このまま続けていたいと思ったのはたしかなのに、急激に自分がとんでもないことをしていたと気づかされて混乱する。ヴィルフリートの腕の強さが、濡《ぬ》れた身体に吹《ふ》きかかる吐息《といき》が、ますます幹也を慌てさせた。

「放してっ……！」

口から飛び出した叫《さけ》びに、ヴィルフリートが身体を揺らす。次の瞬間、拘束《こうそく》が解けて、幹也は自由になった。

……な……なんで……。

ほっとするべきなのに、実際ほっとしているのに、その一方で強い喪失感《そうしつかん》のようなものが押し寄せてきた。

俯《うつむ》いた幹也の目の前に、濡れた彫刻のような肉体があった。とても顔が見られない。立ち去るべきなのかもしれないけれど、足が動かない。

ふいにぽんぽんと頭を叩かれ、幹也は反射的に顔を上げた。狂《くる》おしいほど幹也を翻弄《ほんろう》していた唇が、かすかに笑《え》みを浮《う》かべている。目は――すみれ色の宝石は、赤みを増して鮮《あざ》やかにきらめいていた。

その色に強い魅惑《みわく》を感じて、鼓動が乱れる。力の入らない身体が、ヴィルフリートのほうに傾《かたむ》きそうになった。

「シャワーを浴びてくる」

そう言って背を向けたヴィルフリートを、幹也は呆然《ぼうぜん》と見送った。

……なんなんだよ……？

そう思ったのは、ヴィルフリートの態度に対してだったのか、それとも——自分の気持ちにだったのか。

それからというもの、ヴィルフリートの態度は明らかに変わった。接触の仕方が変わってきたのだ。

以前から肩《かた》に手を置く、あるいは抱き寄せるといった行動はあったが、それはあくまでも幹也の動きを促すものだった。

しかしあのキスと抱擁《ほうよう》以来、並んでリムジンの後部座席に座っていたりすると、手を握ってきたり、膝に指を這《は》わせたりする。もちろん幹也は即座《そくざ》に撥《は》ね除《の》けているが、ヴィルフリートは悪びれもせず、懲《こ》りた様子もない。

「なんだ、気が乗らないのか」

「そういうことじゃありません！　そもそもこういうスキンシップをする理由がないでしょう」

「キスはしたのに？」

「う……」

それを言われると、返す言葉に窮《きゅう》する。

「あれは……弾《はず》みで、つい……」

吊《つ》り橋効果というものではないか、と思うのだ。

クルーザーでのキスは、幹也にとっても衝撃《しょうげき》的な事件であり、あれから何度も自分自身に問いかけた。拒みこそしなかったが、仕《し》掛《か》けてきたのはヴィルフリートからだ。ということは、ヴィルフリートがキスをしてこなければ、幹也から挑《いど》むことはなかったはずだ。

拒めなかったのは、それこそ非常事態だったせいだろう。ペンダントヘッドは海に落とすし、それを捜《さが》しに飛び込んだヴィルフリートはなかなか上がってこないし、幹也は焦《あせ》りと不安で限界だった。

それがペンダントヘッドを見つけてヴィルフリートが戻《もど》ってきて、気がかりが一気に解消されたのだから、どう考えてもまともな精神状態ではなかった。ヴィルフリートが無事で安堵《あんど》したのもあったし、ペンダントヘッドが戻ってきたのもとても嬉《うれ》しかった。しかしそれまでの心配も完全に消えていない、言ってみれば驚《おどろ》きの状況《じょうきょう》だった。

「ほう、日本人は弾みであんなキスをするのか」

ヴィルフリートの声音《こわね》は揶揄《からか》うような響《ひび》きを含《ふく》んでいる。俯いている幹也には見えないが、きっと口端《こうたん》を上げているはずだ。

どうしてそう幹也が困るようなことを言うのだろう。なにが楽しいのか。

「その気がなければ、あれほど熱烈《ねつれつ》に応じないと思うのだが。まあ、いい」

ようやく追及《ついきゅう》から解放されたかとほっとしたのもつかの間、続いた言葉にぎょっとした。

「というわけで、そろそろ次のステップに進もうじゃないか」

「……はあっ⁉　次のステップってなんです⁉　そんなのありません！」

慌てて顔を上げ否定したが、ヴィルフリートは鷹揚《おうよう》に頷《うなず》いている。

「照れなくてもいい。そういうところは日本人だな。奥ゆかしいというか」

「照れてもいませんし、奥ゆかしくもありません。もう一度言いますけど、次のステップもありません。俺には心に決めた相手がいますから」

「ああ、初恋の君か」

ヴィルフリートは含み笑った。

……なにがおかしい？　俺とあんたがどうにかなるほうがおかしいっての。

顔は正面を向いたまま、すみれ色の瞳《ひとみ》だけが隣《となり》に座る幹也を捉《とら》える。そのはっとするような色に、幹也の胸が騒《さわ》いだ。

また……静まれよ！

初めからヴィルフリートの瞳の美しさには目を惹《ひ》かれたが、キス以来、自分の反応が派手になっているのは自覚がある。あのとき、吸い込まれそうなくらい近くから見たのが尾《お》を引いているのだと思うのだが、どうにかならないだろうか。ドキドキしてくると、否《いや》が応でもキスを思い出してしまう。

ヴィルフリートの唇《くちびる》に目が移ってしまいそうになるのを、幹也は窓の外を見て堪《こら》えた。だいたい男同士じゃないか。そりゃ、そういうこともあるのはわかってるけど、俺はストレートだし……。

しかし、キスそのものが嫌《いや》ではなかったことは憶《おぼ》えている。その前のハグも。だからますます困惑《こんわく》する。

「俺とつきあえば、ハイメンダールへ行くチャンスだぞ」

ヴィルフリートの言葉に、幹也は返事をせずにそっぽを向いていた。あわよくばヴィルフリートに気に入られて、ハイメンダール行きの足掛かりを摑《つか》むというのは、それこそ幹也も密《ひそ》かにもくろんでいるが、それはあくまで仕事の能力を認められるという意味でのことだ。色仕掛けをする気なんてない。

「……なんだ、だんまりか。つまらない。まあ、ゆっくり攻《せ》めるとしよう」

つまらない、って……。

つまりヴィルフリートも、手近な存在の幹也を相手に遊んでいるのだろう。

これまでヴィルフリートがどんな色恋《いろこい》の日常を送ってきたのかは知らないけれど、イケメンで金持ちの公爵《こうしゃく》さまがモテないはずがない。それこそ意のままにラブアフェアを楽しめるはずだ。

来日してからは果たしてどうなのか。幹也がホテルで同居を始めてからは、女性の影《かげ》はない。

自室に引っ込んでからまで監視《かんし》しているわけではないので、てきとうによろしくやっているのかもしれないが、そんな雰囲気《ふんいき》は感じ取れない。本人曰《いわ》く、アダルト動画鑑賞《かんしょう》というルーティンワークがあるそうだし。

あれ……？　もしかしてあれは万が一の布石か？　誰《だれ》かを連れ込んでて、声が聞こえたりしたときにごまかすための……いやいや、誰も来てないはずだ。たぶん。

というか、アダルト動画云々《うんぬん》も怪《あや》しい。よほどのマニアでなければ、毎晩見たりしないだろう。だいたいヴィルフリートとアダルト動画がどうにも結びつかない。いや、清廉潔白《せいれんけっぱく》という意味ではなく、見るよりも実践《じっせん》派なのではないかという。

ということは、色事方面で退屈《たいくつ》している可能性大で、実践派のヴィルフリートとしては、とりあえず手近にいる幹也を揶揄って気を紛《まぎ》らわせているということなのではないだろうか。

そっか、遊びか……。

ほっとする一方で、なんだか胸から空気が抜《ぬ》けていくような感覚に襲《おそ》われた。認めたくないことだが、がっかりしているような。

え……？　え？　なんで？

ヴィルフリートのアプローチが遊びだとわかって、安心する以外にどんな反応があるというのか。ましてや残念に思うなんて論外だろう。

キスは非常時の弾み、ヴィルフリートに気に入られたいとは思っているが、それはビジネスとして。それが事実のはずだ。

それとも、なにか？　まさかヴィルフリートを好きになってしまったとか、そんなばかな展開になったとでもいうのだろうか。

「……いやいやいや！　ないから！」

思わず日本語で叫《さけ》んだ幹也に、ヴィルフリートが目を瞠《みは》る。

「どうした？」

「な、なんでもありません！　というか、攻めても無駄《むだ》ですから！」

「むきになるな。牽制《けんせい》のつもりなら逆効果だ」

すっと伸《の》びた指が、幹也の唇に触《ふ》れた。

「うわあっ！」

思わず車のドアに背中を押しつけて逃《に》げる幹也に、ヴィルフリートは愉快《ゆかい》そうに肩を揺《ゆ》らす。

「攻め甲斐《がい》がある」

……マジで逆効果かよ。人の気も知らないで……。

とんでもない相手に狙《ねら》われてしまったとげんなりすると同時に、ときめきのような動揺《どうよう》を覚えてもいて、幹也はヴィルフリートと自分自身の心に翻弄《ほんろう》されていた。

しかしヴィルフリートを避《さ》けようという気にならないのが、また厄介《やっかい》なところだった。通訳兼《けん》ガイドとして雇《やと》われている手前、完全に避けるのは不可能なのだが、ビジネスだけの関《かか》わりになることもできない。

いや、俺もそうしようとしてはみたんだよ。みたんだけど……。

同居生活なので、仕事とプライベートが一緒《いっしょ》くたになっているのも原因のひとつではあると思うのだが、なによりヴィルフリート自身が魅力《みりょく》的すぎる。

そう、認めよう。今の幹也には、ヴィルフリートという男は魅力的だ。最初は身分と立場のわりにふわふわした軽いタイプかと思っていたが、やはりしかるべきポイントでは礼儀《れいぎ》や作法をもって振《ふ》る舞《ま》うし、その姿がとても決まっている。

立場にふさわしい威厳《いげん》もあるようで、ホテルのスタッフにも決して横柄《おうへい》ではないが、人を使うことに慣れているというか、上からの態度が嫌味《いやみ》にならずにスマートだった。これは生まれ育ちから来るものだろう。

なによりペンダントヘッドを見つけ出してくれたことが大きい。ヴァイキングの子孫だから泳ぎは得意だと嘯《うそぶ》いていたけれど、「幹也の大切なものだろう。それなら俺にとっても同じだ。だから取り戻さなければならないと思った」と付け加えられたのは、正直ぐっと来た。

そんなふうに好かれて大切に思われていると感じられると、多少ふざけた面があろうと、遊びで迫《せま》られようと、強く撥《は》ねつけられなくなる。

……ていうか……。

避けるどころか、ヴィルフリートと過ごすのが楽しい——それが率直《そっちょく》な気持ちだ。色恋の感情はともかく、ヴィルフリートのことは好きだ。

とにかくそんなヴィルフリートに対して幹也ができるのは、通訳兼ガイドとして日本を楽しんでもらうこと、そしてこの先に控《ひか》えている商談を、通訳という担当面からフォローすることだ。

当初はハイメンダール王国への足掛かりという打算も働いていたが、そんなものは結果次第《しだい》で後からついてくる。ずっと待っていたチャンスではあるが、必死になってヴィルフリートを利用しようという気にはなれなくなっていた。

まあ彼女だって、どういう状況《じょうきょう》かわからないわけだし。

十歳だった幹也よりも明らかにいくつか年上に見えたから、もう三十歳くらいになっているはずだ。結婚《けっこん》していたり、子どもがいたりする可能性もある。それ以前に、再会したからといって、必ずしもロマンスに発展するとは限らない。

ずっと胸に秘《ひ》めてきた思い出だけれど、温めているうちに細部があいまいになっていたり、過剰《かじょう》に美化してしまったりした部分もきっとある。あのときは互《たが》いに恋の芽生えを感じていたと確信していたけれど、実際のところ彼女のほうがどうだったかは定《さだ》かでない。

運よく再会したとしても、困惑しかもたらさない場合だってあるだろう。気まずいだけの結果になることも――。

焦《あせ》らなくてもいいよな。

不思議なことに、そう思った。一日も早く、とチャンスが巡《めぐ》ってくるのを待ち望んでいたはずなのに。今は、いつか再会できればいい。

幹也はシャツの喉元《のどもと》に指を滑《すべ》らせ、ペンダントを引き出す。

あのときにチェーンは切れてしまい、その日の夜、ヴィルフリートが新しいものをプレゼントしてくれた。

『太さも倍以上あるから、ちょっとやそっとでは外れないだろう』

いかにも値の張りそうなそれに、幹也は代金を払《はら》おうとしたのだが、ヴィルフリートは首を振った。ここにいる間の費用はすべて持つつもりだから、と。

実際それまで幹也は、押しつけ気味に買ってもらった衣類も含《ふく》めて一円も払っていなかったが、それとこれとはわけが違《ちが》う。引き下がらずにいると、ヴィルフリートはうるさそうに手を振った。

『ああ、わかったわかった。なら、下賜《かし》品だ。日本ではどうなのか知らないが、我が国では受け取る側は拒否《きょひ》できないし、外すこともままならない』

そう言ってペンダントヘッドにチェーンを通すと、背後から幹也の首に手を回した。慣れた感覚よりもずっとしっかりと肌《はだ》にまとわりついて、幹也はわずかに首を竦《すく》めた。含み笑いの吐《と》息《いき》が項《うなじ》に吹《ふ》きかかる。

『ヴィルフリート・ハインツより、高原幹也へ――』

そのときの声の響《ひび》きを思い出し、幹也は同じようにぞくりとした。胸がざわつく。なんだろう、この感覚は。

思わずノートパソコンに突《つ》っ伏《ぷ》しそうになったとき、メールの着信音が聞こえた。名刺《めいし》に記してある仕事用のアドレス宛《あて》だ。

【クルーザーの添付《てんぷ》画像の件でご相談を――藤原】

え……？　藤原って、フジ電工の？

そう思ったのは、送信者のアドレスが会社のドメインではなかったからだ。もちろん個人用のアドレスから送信してはいけないという決まりはないが、幹也と藤原には仕事の接点しかない。

先日のクルーザー接待の件でも、カミルが礼状を出しておくというので、幹也からもひと言礼を添《そ》えてほしいと頼《たの》んだだけだった。あくまでヴィルフリートに対する接待であり、幹也はヴィルフリートの指示で同船したというスタンスだからだ。

それなのになぜ、藤原個人から幹也宛にメールが来るのだろう。

スパムの可能性も捨てきれなかったが、クルーザーというワードが気にかかる。ヴィルフリートの歓心《かんしん》を得ようと必死な藤原を知っているせいもあるだろう。なりふりかまわないと自ら嘯いていたくらいだから、なにか厄介ごとを持ち込んだ可能性も捨てきれない。

クルーザーに傷でもついてたのか……？

しかしそれなら、宛先が幹也というのは違うだろう。カミルあたりに送るにしても、そんなクレームをつけること自体、接待が台無しという気もする。

とにかく確認《かくにん》することにしてパソコンを操作した幹也は、画像を開いて目を瞠った。

……なん……だよ、これ……。

映っていたのは、甲板《かんぱん》上のヴィルフリートと幹也だった。位置からして、操舵《そうだ》ブース辺りから撮《と》ったものだろう。

しかし船内にいたのは、幹也とヴィルフリートだけだ。では、隠《かく》しカメラが仕込まれていたということか。

幹也と上半身裸《はだか》でずぶ濡《ぬ》れのヴィルフリートが抱《だ》き合い、キスを交《か》わしている。客観的な視点から見るそれは、互いを求め合う者同士の行為《こうい》にしか見えなかった。

あのときの幹也がヴィルフリートを押し返す気になれなかったのは事実だが、まさかここまでキスに没頭《ぼっとう》していたとは思わなかった。事実を突きつけられて記憶《きおく》が蘇《よみがえ》り、身体《からだ》の奥が熱くなってくる。

幹也を抱きしめるヴィルフリートの手の位置や力の入り具合が窺《うかが》えて、それにも胸が騒《さわ》ぎ出す。

……こんなことをしてたのか……。

唇《くちびる》の感触《かんしょく》まで思い出して、思わず自分の唇に触《ふ》れそうになったとき、携帯《けいたい》電話が鳴り響いた。

『画像、見ましたか？』

勝ち誇《ほこ》ったような声に、幹也は我に返った。思い出にうっとりしている場合ではない。事態は深刻だ。

「……藤原さん、どういうことですか？」

極力冷静に話そうとした幹也だが、時間が経《た》つにつれて焦りが生じてきた。ハイメンダール王国の公爵《こうしゃく》であり、国を代表する企業《きぎょう》のトップでもあるヴィルフリートと、一介《いっかい》の通訳である幹也とのキスシーンを写した画像が存在するのは事実だ。そしてそれを、商談相手の人間が所持している。

『どうもこうも、いい記念写真が撮れていたので、お送りしただけですよ。ああ、公爵にはまだだった。今すぐ――』

「待ってください！」

幹也は藤原を止めながら、クローゼットから上着を取り出した。

「相談があるんでしょう？　それからにしてください」

『そうですか。私は今、ホテル近くのバーにいます』

「……すぐ向かいます」

幹也は店の場所を聞いて、自分の部屋を出た。

時刻は二十三時前。ヴィルフリートもすでに自室に引っ込んでいる。念のために廊下《ろうか》の奥を振《ふ》り返ったが、主寝室《しゅしんしつ》のドアはぴたりと閉まっていた。

そっと玄関《げんかん》へ向かい、スイートルームを後にする。エレベーターに乗り込んでからは、頭の中はこれからの対応でいっぱいになった。

藤原はあの画像をどうするつもりだろう。どうするもなにも、このままデータごと引き取るしかない。

ホテルの裏道沿いに、指定されたバーはあった。レンガ壁《かべ》に古い木のドアがあるだけで、中の様子はまったくわからない。幹也は小さく息を吸ってから、ドアを開けた。

「いらっしゃいませ」

店内は外よりもかろうじて明るい。濃《こ》いオレンジ色の照明が、間隔《かんかく》を置いていくつか点《とも》っている。七、八人が座れそうな一枚板のカウンターの他《ほか》に、テーブル席がふたつ。しかし客はカウンターにひとりだけだった。

「やあ、ずいぶん早い」

藤原はウィスキーグラスを掲《かか》げておどけてみせた。ビジネススーツ姿だが、上着はスツールの背もたれに引っかけて、ネクタイも緩《ゆる》めている。

「水を」

幹也はバーテンダーにそう言って隣《となり》に腰《こし》を下ろしたが、藤原が大きく手を振る。

「まずは一杯《ぱい》空けましょうよ。同じものをこちらにも」

「いいえ、俺は――」

言い返そうとした幹也を、藤原は睨《にら》むように見つめた。

「対等にいきましょう」

……なにが対等だ、卑怯《ひきょう》者のくせに。

幹也は差し出されたグラスに口をつけると、カウンターに片肘《かたひじ》をついて藤原のほうを向いた。

「どういうことですか」

藤原は肩《かた》を竦めると、携帯電話の画面を幹也に見せる。そこにはメールに添付されたのと同じ画像が映っていたが、藤原の指の動きに合わせて、次々と似たような画像が現れた。コマ送りのように、微妙《びみょう》に構図が変わっている。動画からピックアップされたもののようで、アルコールを流し込んで熱くなった胃が、たちまち冷えていくような心地《ここち》だった。

「いやあ、思いがけない収穫《しゅうかく》だった」

ふいに藤原は英語で喋《しゃべ》り出した。バーテンダーは関心なさそうに離《はな》れた場所でグラスを磨《みが》いているが、内容が内容だけに、より聞き取られそうにない言葉を選んだのだろうか。

「ホステスたちを追い払《はら》われたときは、せっかくの隠しカメラも無駄《むだ》になるかと思ったけど、

期待以上のものが写ってたよ。まさか公爵ときみがそういう関係だったとはね。どうりで女には見向きもしなかったわけだ」

藤原は下卑《げび》た笑《え》みを浮《う》かべて、カウンターに置いた携帯《けいたい》を指先で突く。

「しかし、きみが通訳に付いたのは偶然《ぐうぜん》だろう？　ずいぶんと公爵は手が早いんだな」

冷えた胃がきりきりと痛み出す。どうしたらいい？　どうやって否定する？　なにを言っても、幹也とヴィルフリートがキスをしたという厳然たる証拠《しょうこ》は残っている。

「……あれは……ほんの冗談《じょうだん》……弾《はず》みです」

ヴィルフリートに対しても同じ言葉を返したのに、あのときとは心持ちがなんと違《ちが》うことだろう。ヴィルフリートにはむきになって、気恥《きは》ずかしくて、しかし胸が騒いでしかたがなかったのに、今は胃がむかついて指が震《ふる》える。

「そんな言いわけが通じるか。男同士なんて気が知れないが、そんな俺から見てもあれは間違いなくラブシーンだ。それもかなり熱烈《ねつれつ》な、ね」

どうすればいいんだ……どう言えば……。

焦燥《しょうそう》のあまり、幹也は無意識にグラスに口をつけ、半分近くを飲み干した。喉《のど》が焼ける感触に、背を丸めて咳《せ》き込む。

「しかし羨《うらや》ましいよ。俺には逆立ちしてもできないアプローチだからな。公爵が女だったら、真っ先に試《ため》してみるところだが……いくらイケメンでも自分よりでかい男なんて無理無理」

くらくらする頭で、幹也はその手があったかと顔を上げる。

「……そういうことですよ」

「あ？　なにが？」

「色仕掛《いろじか》けで迫《せま》ってみたんです。あなたは勘違《かんちが》いしているようだけれど、公爵はストレートですから。最初はまったく相手にされなかったけど、遊びだとしつこく迫ったらてきとうに応じた……あれはそんなシーンです」

藤原の表情はまだ幹也の言い分を信じていないそれだったので、さらに言葉を重ねる。

「俺がどうしてハイメンダール語なんて、超《ちょう》マイナーな言語を習得したと思います？　あの裕《ゆう》福《ふく》な国で仕事を見つけて儲《もう》けたいと考えてるからですよ。公爵に取り入れば、かっこうのツテができる」

藤原の目が、真偽《しんぎ》を確かめようとするかのように細められた。あれやこれやと小狡《こずる》い手を画策するくらいだから、他人のそういう言動にも疑《うたぐ》るところがあるのだろう。

もうひと押し、と幹也は口端《こうたん》を上げて、藤原の顔を覗《のぞ》き込んだ。飲酒で体温が上がっているのか、藤原のトワレの匂《にお》いが鼻につく。

「あの写真、俺にも譲《ゆず》ってくれませんか？　いろいろ利用できそうだ」

幹也としては精いっぱい媚《こ》びた演技を披露《ひろう》したつもりだが、しかし藤原は鼻で笑った。

「どうかな？　あっさり信じるには、やっぱりなんだか親密なんだよな。ちょっと色っぽいっていうか、きみも公爵も互《たが》いに夢中っていうか」

……ふざけんな！　おまえになにがわかるってんだよ！　そんなんじゃねえよ！

そう、少なくともヴィルフリートは幹也を翻弄《ほんろう》して楽しんでいるだけだ。よけいなことまで頭を掠《かす》めて、幹也は苛立《いらだ》った。そんな内心を隠《かく》して、藤原に懇願《こんがん》する。

「だからそれは勘違いですって。俺が必死に誘惑《ゆうわく》した賜物《たまもの》ですよ。それよりデータ、譲ってくれないんですか？」

思いきって藤原の手に触れてみたが、逆に握《にぎ》り返されて肩の辺りまで鳥肌《とりはだ》が立った。

「どうしても欲しいっていうなら、手を貸せよ。そのつもりで連絡《れんらく》したんだ」

「え……？」

藤原の顔が近づいて、幹也は反射的に上半身を引く。摑《つか》まれたままだった手も、慌《あわ》てて振り解《ほど》いた。

「どんないいネタが手に入っても、直接公爵に掛け合うのはむずかしい。一歩間違ったら国際問題だからな。おまえが口利《くちき》きしろよ」

……なんだって……？

幹也の見開いた目に、藤原の狡猾《こうかつ》な笑みが映った。

「寝物語《ねものがたり》に商談をスムーズにまとめろと囁《ささや》いてくれりゃいい。ついでにいっさいの窓口は俺にしろ、って。それくらいのおねだりは聞いてくれそうな惚《ほ》れ具合に見えるぞ」

バーを出た幹也は、人気の途絶《とだ》えた夜道を俯《うつむ》いたまま歩いた。

その場でデータを取り返すことは無理でも、画像はアクシデントで利用価値のないものだと思わせることくらいはするつもりで挑《いど》んだのに、なにもできなかった。

『断れるなんて思うなよ。色仕掛けでコネを作りまくってる通訳だって、言いふらしてやる。ハイメンダールどころか、どこでも仕事ができないようにするくらい、わけはないんだからな』

むしろ脅《おど》される始末だった。

……なんてことだ……。

幹也は片手で顔を覆《おお》ってかぶりを振った。

自分がもう少し注意するべきだったのだ。今回の商談に藤原が異様なくらい必死なのは、すでに知っていたのに。その藤原の接待なのだから、もっと疑ってかかるべきだったのだ。

それを別にしても、幹也はどうかしていた。ふたりきりの船上とはいえ、あんな場所でキスをするなんて。ボディガードが監視《かんし》しているかもしれないと思っていても、拒《こば》めなかった。雰《ふん》囲気《いき》に流されたからなんて言いわけでは済まない。

俺のせいだ……。

被害《ひがい》を受けるのが自分だけなら、最悪自業自得《じごうじとく》で納得《なっとく》しよう。しかし幹也が晒《さら》される場合は、洩《も》れなくヴィルフリートが巻き添《ぞ》えを食う。

国際レベルで身分も地位もある男を、醜聞《しゅうぶん》に晒してしまう。

気づけばエレベーターを下りて、スイートルームの玄関《げんかん》ドアの前に立っていた。カードキーを極力静かに使い、ドアを開ける。

「どこへ行っていた」

玄関ホールのベンチに座るヴィルフリートに、幹也は心臓が飛び出しそうなほど驚《おどろ》いた。

「……あ、……あなたこそ、どうしてこんなところに？」

「おまえがこんな時間に抜《ぬ》け出すからだろう。……アルコール臭《くさ》いな」

鋭《するど》い指摘《してき》に、幹也はますます狼狽《うろた》えた。もう少し後だったら、せめて自室のドアの前だったら惚《とぼ》けてごまかしようもあったが、外から帰ってきたところを見咎《みとが》められては、言いわけのしようもない。

「……ちょっとバーで飲んでたんです。眠《ねむ》れなかったから」

「酒ならここにだってあるだろう」

なにかにつけて言い返されるのはいつものことだが、今夜のヴィルフリートは声音《こわね》が鋭かった。鋭いのは声だけではない。いつもうっとりするようなすみれ色の瞳《ひとみ》も、赤みを減らして青黒く沈《しず》んでいる。

「べつにいいでしょう、どこで飲んだって。部屋に引っ込んでからは好きにしていいって、言ってたじゃないですか」

「行くなとは言っていない。心配するだろう。ひと言伝えろ」

心配……？　俺を？　大の男が出歩いたって、なにがあるわけでもないだろ。そもそもただの雇《やと》われ通訳だし。

そう胸の中で言い返して、なぜか自分で傷ついた。

「……ご心配なく。東京は俺のほうがよく知ってます」

ヴィルフリートから顔を背《そむ》けて言い捨てると、幹也は自室のドアへ向かった。


翌日、ヴィルフリートがホテルのスポーツクラブに出かけたのを見計らって、幹也は部屋を抜け出し、カミルの元を訪《おとず》れた。

日中はスイートルームに出入りすることもあるが、カミルの部屋は別フロアにある。直接訪れた幹也を見て、カミルは目を瞠《みは》ってから苦笑《くしょう》した。

「おはよう。さてはヴィルフリートの苦情かな？」

「え？」

「どうぞ入って。実はゆうべ、ヴィルフリートから何度も電話が入ってね。幹也がどこへ行ったか聞いてないか、もしかして俺の部屋にいるんじゃないか、って。しまいには直接乗り込んで来たよ」

リビングに通される間にそんな話を聞かされて、幹也は困惑《こんわく》した。

「すみません、迷惑《めいわく》かけて。ちょっと外で人と会っていて……それも一時間くらいだったんですけど」

カミルはサーバーから注いだコーヒーを出してくれた。テーブルの端《はし》に寄せられた書類の山に、朝から仕事をしているのを知る。日ごろ書類を捲《めく》ったりサインのひとつをするところすら見ないヴィルフリートだから、その分カミルにしわ寄せが来るのだろう。

「仕事のじゃまでしたね」

「ああ、いや、毎日のことだよ。もう処理は済んでいて、仕分けて送り返すだけだから。なにしろボスが仕上げたものを毎朝どっさり渡《わた》してくれるんでね」

「ボスって……ヴィルフリートが？　これを毎日？」

いつこれだけの仕事をこなしているのだろうと幹也が驚くと、カミルは片目を瞑《つむ》った。

「ボンクラに見えるかもしれないけど、あれでけっこうやることはやってるんだよ。まあ、さぼったら俺がうるさいのもあるけど」

では夜、自室に戻《もど》ってから黙々《もくもく》と事務を片づけていたのか。

……なんだよ、マジでルーティンワークじゃないか。

アダルト動画鑑賞《かんしょう》なんて、やはり嘘《うそ》っぱちだったわけだ。しかし、そんなところを気取らせないのも、また好ましいと思う。

ああ、そうなんだよな……。本当にもう、これ以上好きにさせるなよ。

ヴィルフリートへの想《おも》いを募《つの》らせる一方で、幹也はため息をついた。

あれから昨夜ずっと考えていた。そして出した結論は、ヴィルフリートの醜聞は決して立たせないということだった。

しかしあの画像が藤原の手にある以上は、いつ公《おおやけ》に出回らないとも限らない。もちろんその前に手を尽《つ》くして奪取《だっしゅ》するつもりでいるけれど、間に合わなかった場合の手を打っておく必要があった。それは、一刻も早いほうがいい。

「だから、幹也が帰ってからひと悶着《もんちゃく》あったんじゃないかと思って。うるさいことを言ったんだろう？　しかし、あいつは――」

「いいえ、カミル。そうじゃなくて――」

幹也が顔を上げると、カミルは軽く首を傾《かし》げた。

「うん？　違《ちが》ったか？」

「謝らなければならないことがあります」

表情を引き締《し》めたカミルに、幹也はクルーザー上でのキス画像のことを打ち明けた。失《な》くしたペンダントヘッドをヴィルフリートが見つけてきてくれ、嬉《うれ》しさのあまり過剰《かじょう》な感謝の表現をしてしまった。ヴィルフリートもまたとっさのことでそれに応じた、と言いわけして。

どうせ実物を目にするまで、どんな画像かはわからない。深い意味のない悪乗りだったと先に説明しておけば、画像を見ても先入観でそう思うことだろう。

それに実際、ヴィルフリートは戯《たわむ》れていただけだ。幹也だって、あのときは勢いに呑《の》まれて応じた。

ただ、今は——。

好きなのかもしれない。いや、そんなあいまいなものでなく、明らかにヴィルフリートに惹《ひ》かれ、恋《こい》をしているのだろう。対応を考えながら、そんな結論に行き着いた。

しかし、それがなんだというのか。

外国の公爵《こうしゃく》と一介《いっかい》の通訳、しかも男同士。日本はもちろんのことハイメンダール王国でも、同性愛はまだまだマイノリティだ。身分も地位もあるヴィルフリートに、そんなレッテルを貼《は》るわけにはいかない。

いや、そもそもヴィルフリートは本気ではないのだ。ゲームのように幹也の気を引こうとしているだけで、単なる旅行中の気晴らしにすぎない。

だからなおさら彼の名を傷つけることは避《さ》けなければならなかった。

幹也としては叱責《しっせき》も覚悟《かくご》で打ち明けたのだが、カミルは存外落ち着いて耳を傾《かたむ》けてくれた。

「なるほど、そういうことだったのか。実はきみがホテルを抜け出したのにボディガードが気づいて、後をつけていたんだよ」

「えっ……じゃあ……」

「藤原と会っていたのも報告が入っている。まあ、どういう理由で密会していたのかはわからなかったけどね。だから奴《やつ》は、よけいやきもきしてたんじゃないか？」

ボディガードはヴィルフリートのためだけに動いていると思っていたから、追跡《ついせき》されていたなんて夢にも思わなかった。

「すみません、いろいろ……俺がもっと注意していれば、防げたことです。お詫《わ》びのしようもありません。なんとかデータごと取り返すつもりですが、できれば——」

「うん、わかった。そういうことなら、こちらも動こう。いや、それについては俺に任せてくれないか。幹也よりも多少は奥の手も使えるし、なによりきみがそばにいないと、公爵さまは不機嫌《ふきげん》になるからね」

相手を安心させるような微笑《びしょう》を浮《う》かべたカミルに、幹也は硬《かた》い表情で首を振《ふ》った。

「いいえ、俺の責任ですからできるだけやってみます。それと……通訳とガイドは辞《や》めさせてください」

「えっ？　ちょっと待ってくれ、幹也。それはないだろう。というか、ヴィルフリートが納得《なっとく》するものか。俺も説得する自信はないよ」

データの件を打ち明けたときよりも、カミルはよほど狼狽《うろた》えていたが、幹也はもう一度かぶりを振った。

「万が一画像が流出したときに備えて、俺はヴィルフリートの近くにいないほうがいいと思います。その場にいたホストとでもなんとでも言ってくれてかまいません。ただの遊びかゲームのワンシーンだと、笑い飛ばしてください」

……実際、そんなもんなんだから……。

「しかし幹也、急に――」

「オフィスにはもう伝えました。今、大至急代理を探しています。入れ替《か》わりで俺はここを出ますから、今夜か遅《おそ》くとも明日には――」

「落ち着けよ。きみのせいじゃないだろう。第一、俺の一存で返事はできない。ヴィルフリートの了解《りょうかい》がなければ」

幹也は胸が絞《しぼ》られるような痛みを感じた。

できればカミルに話をしてこのまま立ち去りたかったが、やはりそういうわけにはいかないようだ。

「……わかりました、話します。でも、クビになるように仕向けるつもりなので……画像の件はひとまずヴィルフリートには内緒《ないしょ》にしてくれませんか？」

そう頼《たの》むと、カミルはため息交じりに首を振った。

「何度も言うけど、きみのせいじゃないよ。それにヴィルフリートは、そんな画像くらいでビビったりもしない」

「いいえ――」

幹也は席を立った。

「俺が嫌《いや》なんです。ヴィルフリートには瑕《きず》をつけたくない」


幹也はスイートルームに戻《もど》ると、自室の整理を始めた。もっとも幹也自身が持ち込んだものはほとんどない。顔合わせのつもりで挨拶《あいさつ》に訪《おとず》れて、そのまま引き止められてしまったのだから、まさに着の身着のままだ。

片づけはヴィルフリートから買い与《あた》えられた衣類や身の回り品に終始した。ひとつとして持っていくつもりはなかったので、できるだけきちんと整えておく。

なんだか夢を見てたみたいだ……。

超《ちょう》がつくハイクラスの生活もそうだけれど、ヴィルフリートと親しく過ごした日々はとても得がたいものだったのだと、今さらながら痛感する。

自他ともに認める大金持ちで、散財のしかたも半端《はんぱ》ない。幹也も何度度肝《どぎも》を抜《ぬ》かれたことだろう。上流社会の人間らしいわがままや傲慢《ごうまん》さもあるけれど、芯《しん》から上流だからこそ感じられる育ちのよさがそれを上回って、嫌味やいやらしさは感じなかった。

大企業《だいきぎょう》のトップの肩《かた》書きも持ち合わせているのに浮《うわ》ついた遊び人で、それで成り立つのか、ただのお飾《かざ》りなのかと思えば、見えないところで黙々と事務仕事もこなしている。

なにより、クルーザーでの一件が忘れられない。海に落としたペンダントヘッドなど、捨て置かれると思っていた。それなのにヴィルフリートは自ら海に飛び込んで、見つけ出してくれたのだ。

海面に顔を出したヴィルフリートを見たとき、幹也は本当に胸がいっぱいだった。ペンダントヘッドが戻ってきたことよりも、ヴィルフリートが無事に戻ってきたことにほっとして、彼に対するさまざまな感情が噴《ふ》き出しそうだった。

そう、たぶんあのときには、幹也はヴィルフリートに恋をしていたのだろう。あんなにも強く翻弄《ほんろう》されるような感情に見舞《みま》われたのは生まれて初めてで、その正体がわからなかった。ただヴィルフリートに対して心が揺《ゆ》さぶられたのはたしかで、それは身を挺《てい》して失くしものを見つけ出してくれた感動と感謝だと思った。

続いたキスも、いつにない感情の昂《たかぶ》りから応《こた》えてしまったのだと思った。後から考えても嫌だと思ったり悔《く》やんだりしなかったのも、それくらいで揺らぐほどではない友情が芽生えたからだと思った。

——違《ちが》う。そうじゃない。

幹也はかぶりを振った。

友情じゃない。恋情《れんじょう》だったのだ。

なぜ仕事相手なのかとか、そもそも男同士だとか、否定の要素はいくらでも挙げられるのに、それでもこれは恋だと確信する。

片想《かたおも》いだけどさ……。

笑おうとして口端《こうたん》が歪《ゆが》んだ。

好きになってしまうのがありえないくらい、ヴィルフリートと幹也との間には隔《へだ》たりがある。たとえ触《ふ》れ合えるくらい近くにいようとも、決して繋《つな》がることはない距離《きょり》なのだ。

むしろ片想いでよかったと思うべきだろう。幹也が離《はな》れていけば、それでなにごともなかったことになる。

もう少し……せめてヴィルフリートが日本を発《た》つまでそばにいたかったけど……。

そんな未練を持つ自分を、幹也は叱《しか》りつけた。

別れが早まろうと同じことだ。結果に違いはない。ヴィルフリートが好きなら今すぐに離れるべきだと、ひと晩考えて決めたのではないか。

開けたままのドアから、玄関《げんかん》の物音が聞こえた。ヴィルフリートがスポーツクラブから戻ってきたらしい。

……よし。

通訳を降りると伝えよう。深呼吸をひとつして振り返ると、すでに戸口にヴィルフリートがいた。

「……あ、おかえりなさい……」

タイミングを外されてぎこちなく声をかけた幹也に応えず、ヴィルフリートは室内を見回して表情を険しくした。特にデスクの上に置かれたビジネスバッグを見て、視線をいっそう鋭《するど》くする。

「なにをしている」

「え……ああ、荷物整理を」

「なんのために」

声のトーンまで硬《かた》かった。もともとヴィルフリートの声は低いがよく通り、かすかに甘い。特にNの発音が印象的で、幹也は密《ひそ》かにそれを聞き取っては楽しんでいた。しかし今は、それも消え失《う》せている。

昨夜もそうだったが、ヴィルフリートの機嫌《きげん》がよくないと感じると、幹也は過剰《かじょう》に怯《ひる》んでしまう。怖《こわ》い、というのともまた違うような気がする。

おそらく不興を買うのが嫌なのだ。ひいてはそれで、自分への印象が変わってしまうことを恐《おそ》れる。嫌《きら》われたくない。

……いい加減にしろよ。今はそんなこと言ってる場合じゃないだろ。どうせもう、ここを出ていくんだから。

幹也はぐいと顔を上げて、ヴィルフリートを見た。

「通訳は降ります。だから、ここも出ていきます」

ヴィルフリートの眉《まゆ》が吊《つ》り上がった。

「急になにを言う」

「ゆうべ決めました。カミルにはもう伝えました。急なのは申しわけありませんが、代理をすぐに寄こすように、連絡《れんらく》もしてありますから――」

「ゆうべ？　あの男と会ったからか？　それで辞《や》めると決めたのか」

そうだった。ヴィルフリートは幹也が藤原と会っていたことを知っているのだ。しかし幹也の辞意を知らなかったということは、まだカミルと話はしていないのだろうから、藤原との話の内容も知らないはずだ。

「どうしてあいつと会った？　なぜおまえに連絡してくる？」

「どうしてって――」

この流れなら、愛想《あいそ》を尽《つ》かさせるのがきっといい――幹也は焦《あせ》る頭で結論を出し、無理やり笑《え》みを作った。

「藤原が妬《や》いてうるさいからですよ」

「……なに？」

幹也はチェストの上に投げ出したままのバスローブを手に取り、ハンガーに掛《か》ける。さも作業が忙《いそが》しい風を装《よそお》った。

「一応フジ電工の創業者一族のひとりだし、コネを作っておいて損はありませんからね。ちょっと相手をしてるんです。ギブアンドテイクってやつ。気づきませんでしたか？」

ヴィルフリートは無言だった。様子を窺《うかが》いたかったが、目を合わせるとごまかしきれなくなりそうで、幹也は言葉を重ねた。

「けど、いっぱしの恋人《こいびと》気取りで、イケメン公爵《こうしゃく》さまと俺が同棲紛《どうせいまが》いに暮らしてるのが我慢《がまん》ならないらしいです。ちょっとした遊びだって言ったんですけどね。ていうか、おまえのことだって遊びだっての。そういうところがスマートじゃない奴《やつ》って——」

ふいに歩み寄ったヴィルフリートに肩《かた》を摑《つか》まれ、幹也は反射的に顔を上げた。

「遊びだと？」

すみれ色の瞳《ひとみ》が青みを強くして燃えていた。青い炎《ほのお》は赤いそれよりも高温だというのを思い出す。

「……痛いな、なんですか。べつに文句を言われる筋合いはないと思いますけど？　これからも客になりそうな相手を優先するのが当然でしょう？　どうせ遊び——と言って悪ければ、仕事のサービスみたいなもんなんだから」

ああ、最低だな俺……。

言えば言うほど胸がズキズキと痛んだ。

いっそ遊び人の通訳で、実益も兼《か》ねて男と戯《たわむ》れているふりをしようとしたが、本気で好きな相手にそう思われるのはやはりつらい。

しかしこのままヴィルフリートのそばに居座ることは、どうしても避《さ》けるべきだった。画像が流出すれば、きっと幹也の正体を探《さぐ》られる。今のままではすぐに通訳だとばれてしまう。

ヴィルフリートが通訳を同居させて不埒《ふらち》な振《ふ》る舞《ま》いに及《およ》んでいるなんて醜聞《しゅうぶん》は、流すわけにはいかない。

幹也が姿を消してしまえば、簡単には突《つ》きとめられないだろう。その場に居合わせたホストだとか、きっとカミルが言い繕《つくろ》ってくれる。相手が特定できなければ、画像自体もとるに足らないその場限りの戯れだと忘れ去られていくだろう。

ヴィルフリートは幹也の手首を摑むと踵《きびす》を返した。

「なんですか！　放してください！」

廊下《ろうか》に引っ張り出された幹也は必死に抗《あらが》ったが、腕《うで》は振り解《ほど》けないし、踏《ふ》ん張ってもずるずると引きずられていく。

ヴィルフリートの寝室《しんしつ》を目指しているようだと気づいて、幹也は焦った。これ以上話なんてない。辞めると伝えたら、出ていくつもりだった。だからこそ嘘《うそ》で固めた理由をでっち上げたのだ。もう会わないから、どんなに厭《いと》われるのも覚悟《かくご》して。

それが済んだ今、もうヴィルフリートの顔なんて見られない。呆《あき》れ、腹を立てているのはわかっている。幹也を見る目だって、蔑《さげす》みの色に染まっていることだろう。

跳《は》ね返る勢いでドアを開けたヴィルフリートは、加速して奥へ進んだ。逃《に》げようとする幹也は、何度も足をもつれさせる。

「あっ……！」

強い力で投げ飛ばされ、幹也はベッドに倒《たお》れ込んだ。

「遊びだというなら、最後まで相手をしろ」

え……？

衝撃《しょうげき》も覚めやらぬうちに耳に飛び込んできた台詞《せりふ》に、幹也は倒れたまま目を見開く。ヴィルフリートはシャツを脱《ぬ》ぎ捨てるところだった。真昼の光が差し込んで、動くたびに銀髪《ぎんぱつ》が輝《かがや》く。こんな状況《じょうきょう》でも、なんてきれいなんだろうと見惚《みと》れた。

しかし上半身裸《はだか》のヴィルフリートがベッドに片膝《かたひざ》を乗り上げた瞬間《しゅんかん》、幹也は我に返って起き上がろうとした。

「……なにを言ってるんです。終わりだって言ったで——あっ……」

片手で喉元《のどもと》を押され、他愛《たわい》ないほど簡単に仰向《あおむ》けに倒された。上からヴィルフリートが覗《のぞ》き込んでくる。

「従う義理もないな。手に入れると宣言したつもりだが？」

ヴィルフリートにしてみれば、あれこれと手間暇《てまひま》をかけて幹也を靡《なび》かせようと楽しんでいたのに、途中《とちゅう》でゲームを放棄《ほうき》されたようなものだ。

余裕綽々《しゃくしゃく》でその気にさせると言っていたくらいだから、そんなふうにして手に入れてきた相手も多かったのだろうし、幹也のことも当然そのつもりでいたのだろう。

それが逃げたとなれば、苛立《いらだ》つのも無理はない。

困惑《こんわく》する幹也の上に影《かげ》が落ち、首筋にヴィルフリートの唇《くちびる》が触《ふ》れた。

「……や、やめてください！」

自分の声に狼狽《うろた》える。なんて弱々しい。本気で嫌《いや》がっていないのではないかと言われても否定できないような拒絶《きょぜつ》だった。

実際そうなのだ。ヴィルフリートの唇の感触《かんしょく》に気づいたとたん、皮膚《ひふ》がざわついた。一度きりのキスを、その後ひとりで何度となく反芻《はんすう》した感覚を、まざまざと思い出して、もう一度触れてほしいと願う。

「無駄《むだ》だ。引くくらいなら、初めから仕掛《しか》けたりしない」

吐息《といき》と声の振動《しんどう》が、幹也の肌《はだ》を疼《うず》かせる。押し返そうとヴィルフリートの肩を摑んだ指が、小刻みに震《ふる》え出した。

「んっ……、あ……」

大きな手のひらがシャツの上を這《は》う。ヴィルフリートに別れを告げたら出ていくつもりでいたから、幹也はワイシャツにスラックスという格好だった。そのシャツのボタンの隙間《すきま》に指が潜《もぐ》り込んでくる。

「この季節にアンダーシャツまで着込むとは、重装備だな。しかし脱がせ甲斐《がい》がある」

「ばか言って――んむっ……」

唇が重なった。電流を流されたように全身が痺《しび》れる。いけないと思ったのも一瞬で、ヴィルフリートのキスに心と身体《からだ》が引き込まれてしまう。

幹也の口中を掻《か》き回すように動く舌に意識が奪《うば》われ、気づけばシャツのボタンはすべて外されていた。それに気づいたのも、アンダーシャツが捲《まく》り上げられて、指が直《じか》に肌に触れたのに気づいたからだ。

指は滑《すべ》るように幹也の腹をなぞり、胸板《むないた》に這い上がっていく。その軌跡《きせき》がちりちりと疼いて、喘《あえ》いだ拍子《ひょうし》に口中に溜《た》まった唾液《だえき》が喉を落ちていった。

「その気になってきたか？」

角度を変えた唇の囁《ささや》きに、幹也は薄目《うすめ》を開いた。至近距離《きょり》に、淡《あわ》い色の睫毛《まつげ》に縁取《ふちど》られたすみれ色の双眸《そうぼう》があって、覚醒《かくせい》したつもりがまた陶然《とうぜん》となる。

「……嫌だって言っても、聞かないんでしょう……好きにすれば？」

息を乱しながら、そう返すのが精いっぱいだった。

たぶん腕力《わんりょく》で抗うのも無理だけれど、すでに抵抗力《ていこう》を奪われてしまっていた。いや、嘘だ。ヴィルフリートの腕に囚《とら》われたときから、唇が触れたときから、幹也はもう離《はな》れる気を失《な》くしてしまっていた。

だって……好きなんだよ。

恋《こい》する相手に挑《いど》まれて、どうして本気で拒《こば》めるだろう。これが最初で最後の機会なのだ。それを無にできるほど、幹也の意志は強くない。

ヴィルフリートは苦笑《くしょう》した。

「ああ、そうさせてもらう」

喉元までアンダーシャツを捲り上げられ、胸に舌を這わされる。濡《ぬ》れた舌の感触がくすぐったいのか心地《ここち》いいのかわからなくて、奥歯を噛《か》みしめた。

そもそもこれまでは異性としか経験がなく、愛撫《あいぶ》され慣れていない。ましてや胸を弄《いじ》られたことなどなかった。

「ひ、あ、ああっ……」

尖《とが》らせた舌で乳暈《にゅううん》を押し回され、幹也は声を上げた。ヴィルフリートが笑ったような気がしたが、続いて乳首《ちくび》を撫《な》で上げられて、それどころではなく仰《の》け反った。

「この前のアジより活《い》きがいいな」

「ふ、ふざけっ……」

「ああ、悪かった。感度がいいと訂正《ていせい》しよう」

なんて余裕綽々なのだろう。幹也はもう息も絶え絶えだというのに。

「そ、そこはいいから――」

「そうはいかない。好きにしろと言ったのはそっちだろう」

乳暈ごと食《は》むように含《ふく》まれて、舌先で乳首を擦《こす》られると、声が抑《おさ》えられなかった。くすぐったいと言いそうになるが、それだけではない疼きがたしかにある。それが幹也の身体を伝って腰《こし》の奥にまで届き、憶《おぼ》えのある不埒な感覚も芽生えてきた。

反対側も指でつまれ捏《こ》ね回されて、痛みと相まった刺激《しげき》がたまらなくいい。しかしこんな感覚に応《こた》えていいのかと、身体も心も戸惑《とまど》う。

「ちょ……、まず、い……って……んっ……」

「なにを言ってるのかわからん。悦《よろこ》んでいるくせに」

「おっ、俺が？　いつ――」

顔を上げたヴィルフリートが、幹也の胸を手でぐっと押し上げた。無理やり隆起《りゅうき》させられた胸の頭頂で、充血《じゅうけつ》した乳首が尖っていた。その光景に、幹也はくらりとする。

「こんなに硬《かた》く膨《ふく》らんで、感じていないなんて言わせない。それでも否定するなら――」

股間《こかん》を撫でられて、幹也は呻《うめ》く。スラックスの上から触れられたのに、そのまま達してしまうかと思った。それ以前に、自分がそこまで昂《たかぶ》っていたことを知って、激しく動揺《どうよう》する。

な……なんで……？　そりゃ、ヴィルフリートとしてるんだから興奮はするだろうけど、ここまで――。

「あっ、やっ……さ、触《さわ》るな！　揉《も》むなっ……」

「触らなければ、なにもできない。ああ、手では嫌なのか」

ヴィルフリートは手早くスラックスの前を緩《ゆる》め、下着ごと膝《ひざ》まで引き下ろした。

「ちょっ、だめだって！」

幹也は慌《あわ》てて手を伸《の》ばそうとしたが、ヴィルフリートにワイシャツとアンダーシャツを引き上げられて万歳体勢になってしまった。しかも顔まで出したところで放置され、両腕《りょううで》に絡《から》んだままの衣服に拘束《こうそく》された状態だ。

「あっ、ひ……！」

ペニスを握《にぎ》られてぎょっとする間もなく、濡れた温かな感触に包まれる。久しく味わっていない感覚だったが、それが他人の口だというのは明らかだった。他人の、というかヴィルフリートの。

幹也の心拍数《しんぱくすう》が一気に跳ね上がる。感触がどうこうというよりも、その事実に動揺する。いや、興奮する？

愛撫も激しかった。まったく躊躇《ためら》いも容赦《ようしゃ》もない。一気に根元まで含まれたかと思うと、唇で締《し》め上げて扱《しご》かれた。その下の膨らみまで揉まれて、幹也は腰を震わせる。

直接の刺激と、それを与《あた》えているのがヴィルフリートだということが、たちまち抵抗を奪っていった。

元からもう抗《あらが》う気なんてない。反射的な抵抗は、この明るい部屋の中で裸《はだか》に剝《む》かれていく恥《は》ずかしさと、それがヴィルフリートの目にどう映っているのかという気後《きおく》れだ。なにしろ相手は芸術彫刻《ちょうこく》のように完璧《かんぺき》な容姿で、そんな己《おのれ》を見慣れた目に、幹也の姿はさぞかし見劣《みおと》りすることだろう。

ヴィルフリートは幹也の下肢《かし》から衣服を引き抜《ぬ》きながら含み笑った。

「たしかに感度がいい。が、さほど慣れているように見えないな」

愛撫に酔《よ》い痴《し》れていた幹也は、その言葉にはっとした。損得ずくの遊び人を自称《じしょう》してヴィルフリートの元を去ろうとしたのに、説得力がなければ意味がない。

それに、ヴィルフリートが興ざめして、ベッドを離れてしまったら――。

嫌だ……！

離れるのはしかたない。それがいいと幹也自身で決めたことだ。恋に落ちたのもまったくの偶然《ぐうぜん》で、しかも一方的な片想《かたおも》いで、叶《かな》うなんて期待してもいない。

でも、いや、だからこそ、このチャンスを逃《のが》したくなかった。

思い出？　記念？　そんな感傷的できれいな感情ではないかもしれない。ただ、ヴィルフリートが欲しいと強く思う。決して手に入れることはできない相手を、今だけは自分のものにできる。

幹也は腕に絡んでいたワイシャツとアンダーシャツを脱《ぬ》ぎ捨て、ヴィルフリートから逃れるように身を起こした。

「演技に決まってるでしょう。ノリノリのほうが好きならそうします」

そう言い捨てて、ヴィルフリートのデニムに手をかけた。ことさら手荒《てあら》に前を開き、下着からヴィルフリートのものを取り出す。見るのは初めてではないが、相変わらずふてぶてしいほど堂々としたものに一瞬怯《いっしゅんひる》んだものの、それを押しやって逆さまの体勢になり顔を伏《ふ》せた。先端《せんたん》を含んだだけで、半勃《はんだ》ちだったそれがぐうっと漲《みなぎ》ってくる。

うわ、マジか……。

同性と寝《ね》た経験もなければ、もちろん他人のペニスを手にしたこともない幹也は、この先どうしたらいいのかと迷う。しかし同性だからこそ、官能のポイントも予想がつくわけで、舌が届かない部分は指を這《は》わせてみた。

「熱いな……」

下方から聞こえた呟《つぶや》きに勢いを得た幹也だったが、再びペニスを含まれて、危《あや》うくヴィルフリートのものに歯を立てそうになった。

それは反則だろ！　今度は俺の番！

そう言い返す代わりに、いっそう激しく舌を使う。ヴィルフリートを感じさせたい、自分との行為《こうい》を少しでも記憶《きおく》に残したい。そんな思いで努めているのに、ヴィルフリートからもたらされる刺激に引きずられ、溺《おぼ》れそうになる。手加減なく吸い上げられて、腰ががくがくと震《ふる》えた。

「んんっ……！」

ふいに下肢が宙に浮き、幹也は喉奥《のど》にヴィルフリートを迎《むか》えたまま呻いた。仰臥《ぎょうが》したヴィルフリートの上に、逆さまに乗せられてしまったようだ。しかもきっとヴィルフリートの顔を跨《また》ぐ格好になっている。

「ちょっと、やめ――は、あっ……」

内腿《うちもも》を強く吸われて、背筋が震えた。

少しずつ位置をずらしていく唇《くちびる》が、陰嚢《いんのう》を含んで舌で転がす。思わず身を引こうとした幹也だったが、ペニスを握られていて動けない。

「口がお留守になっているぞ」

唾液《だえき》で濡れた肌《はだ》に揶揄《からか》うような囁《ささや》きを吹《ふ》きかけられて、幹也は息を荒らげながらヴィルフリートの怒張《どちょう》に舌を伸ばした。

「……ん、ふっ……んぅ……っ……」

ヴィルフリートの舌が次に狙《ねら》ったのは、あろうことか幹也の後孔《こうこう》だった。尖らせた舌が存外に強い力で襞《ひだ》にめり込んで来ようとする。

男同士に限らずそこを使うセックスもあると知ってはいるが、まさか今、自分の身に降りかかってくるとは予想していなかった。

そもそもベッドに引き込まれることが想定外だったのだ。しかし触《ふ》れ合ううちに、ヴィルフリートが欲しいという気持ちが高まってこうしているわけだが、それでも幹也の想像は互《たが》いを愛撫《あいぶ》して絶頂に導くというルートだった。

「そ、それはナシで！」

「それこそナシだろう」

ヴィルフリートは舌での愛撫を続けながら言い返してくる。

「あ……アリですって！　そこまでしないのだってアリですから！　ていうか、したことないから無理です！」

「それはいいことを聞いた」

すかさずなにか硬いものが窄《すぼ》まりに侵入《しんにゅう》してきた。

「うああっ、入らないですってそんなの！」

「入っているぞ。濡《ぬ》らしてあるし、指一本くらいどうということもないだろう」

「……ゆ、指……」

圧迫感《あっぱくかん》はあるものの、言われてみれば意外になめらかに侵入物は行き来しているようだ。

「まさか、俺のものと勘違《かんちが》いしたのか。見くびってもらっては困る。それに、おまえの目の前にあるだろう」

たしかに動転していた。しかし改めて眼前のものを確認《かくにん》すると、やはり無理だと思う。

「……ヴィル……無理――あっ……入るわけないって……」

指はゆっくりと出入りを繰《く》り返している。そのたびに内壁《ないへき》を広げるように指の腹で撫《な》で擦《さす》られ、息苦しいような心許《こころもと》ないような疼《うず》きが腰《こし》の中に広がっていく。

「入るようにするんだよ。いや、入れてほしくなるように、だな」

そんなことには絶対にならないと、幹也はかぶりを振《ふ》った――のだったが。

首を捻《ひね》ったとたん、眩《まぶ》しい光に目を刺《さ》される。明るく清潔な室内で、ベッドの上だけが淫猥《いんわい》な空気に満ちていた。そのほとんどは、幹也が洩《も》らす喘《あえ》ぎのせいだろう。

その声に合わせるように、下肢からは濡れた音が響《ひび》いている。もう何本の指を入れられているのか、腰全体が痺《しび》れたようになっていてわからない。

いつの間にか体勢も変わっていて、幹也は向き合って横たわったヴィルフリートに抱《だ》きしめられていた。彼の腰に上側の脚《あし》を引っかけるようにさせられ、大きく開いた股間《こかん》には背後から指を呑《の》まされている。

「……や、だ……っも、出る……っ……」

そう訴《うった》えるのも何度目だろう。しかしヴィルフリートの指がペニスに絡んでいて、幹也の放出を阻《はば》んでいた。

「まだだ」

そしてまた同じ無情な台詞《せりふ》と、同じ甘やかすようなキス。唇が触れると、幹也はすがるものを得たように、夢中で舌を伸《の》ばした。

「だって……我慢《がまん》、でき……ない……あ、ああっ……」

指が触れたのは、狂《くる》おしいほどに感じる場所だった。たぶん噂《うわさ》に聞く前立腺《ぜんりつせん》というやつなのだろう。まさか自分が身をもって知ることになるとは、思いもしなかった。

「ここがいいか。また溢《あふ》れてきた」

ペニスを捉《とら》えた指が、先端を撫で回す。幹也はもう唇を震わせて頷《うなず》くしかなかった。

けっこうわがままで強引《ごういん》なところのあるヴィルフリートだから、もっと性急に事を運ぶとばかり思っていたのに、まったく違った。ゆっくりと念入りに、しつこいくらいに身体《からだ》の中を弄《いじ》られ、幹也自身も知らない場所を暴《あば》かれる戸惑《とまど》いや恐怖《きょうふ》を取り払《はら》われた。

それだけではない。この行為に否定的だったベクトルを逆向きにされてしまった。

今や幹也は、明らかにそこで感じることを覚えていた。男の性のアイデンティティーの喪失《そうしつ》だとか、ヴィルフリートに啼《な》かされて崩《くず》れたプライドだとか、そんなことも甘んじて受け入れられるくらいに。

だって……ヴィルフリートだ……。

恋《こい》してやまない相手と触れ合っていて、それが気持ちよくて、どうして拒《こば》めるだろう。己《こ》の予想を超えた展開になっていても、このまま続けたい――。

「お願い……だからっ……」

幹也はヴィルフリートの首に両腕《りょううで》を回して、その顎《あご》に唇を押し当てた。舌先が触れて、かすかな塩気を感じ取る。幹也はすっかり汗《あせ》みずくだが、ヴィルフリートもまた汗がにじんでいる。スポーツクラブ程度《ていど》には集中してくれているのだろうか。

そんなことを思っていると、ふいに唇を塞《ふさ》がれた。息まで奪《うば》われるようなキスに、全身が痺れる。いい加減ぼうっとしていた頭が、さらに掻《か》き回されるようだった。

仰向《あおむ》けにされた身体に、ヴィルフリートの重みを感じる。指が引き抜《ぬ》かれて、その瞬間途方《しゅんかんとほう》もない喪失感《そうしつかん》に見舞《みま》われた。思わずすがりついた幹也の腰が、抱《かか》えられて浮き上がる。

「……んうっ……」

重い衝撃《しょうげき》が下肢《かし》を襲《おそ》った。ぐいぐい迫《せま》ってくるものを受け止めきれずに押されていきそうになる幹也の腰を、抱《だ》いたヴィルフリートの腕が掻き寄せる。膠着《こうちゃく》状態に陥《おちい》るかと思われたとき、ぐうっと身体を開かれる感覚があり、その後は体重をかけてきたヴィルフリートに一気に貫《つらぬ》かれた。

「んんっ……」

唇を塞がれていて、声も出ない。力の入れどころがわからなくなって、ヴィルフリートの背中から両手が滑《すべ》り落ちた。

壊《こわ》れる、とまでは思わなかったけれど、予想以上の存在感に怯《ひる》む。腰の中で鐘《かね》でも打ち鳴らされているのではないかと思うくらいに、ヴィルフリートの脈動が伝わってきた。

自分の中に他人がいるということ、それがヴィルフリートであることが、感傷的に胸に迫った。恋の成就《じょうじゅ》は叶《かな》わないけれど、望むべくもないことだけれど、今、こうして繋《つな》がっている。これ以上なにを望むだろう。

ヴィルフリートはゆっくりと唇を離《はな》すと、幹也の頬《ほお》に手を添《そ》えて笑《え》みを浮かべた。

「やっと手に入れた」

いつもよりも赤みを増した瞳《ひとみ》を見上げながら、幹也は今しがたの高揚感《こうようかん》がすうっと沈《しず》んでいくのを感じた。

……ああ、そうか……そうだよな……。

ヴィルフリートにとっては、これがゲームセットなのだろう。幹也の気を引いてその気にさせ、互いの身体を愉《たの》しんで終了《しゅうりょう》。旅のひとときの彩《いろど》りだ。

ふだんよりは多少手間取った上に、寸前で幹也に逃《に》げられそうになったが、ようやくこぎつけて洩れた言葉か。

「まだでしょう」

幹也は思うように動かない手足をヴィルフリートに絡《から》めた。

「ちゃんと最後まで愉しませてください」

それでもいい。一度きりでも、忘れられない思い出を刻みつけてくれればいい。身体中ヴィルフリートでいっぱいになって、溢れ出すくらいにまみれてしまいたい。もう他《ほか》の誰《だれ》も必要がないくらいに、埋《う》め尽《つ》くしてほしい。

「言われるまでもない」

ヴィルフリートはそう返して、幹也の中を掻き回すように、深くゆっくりと腰を揺《ゆ》らした。

あれほど広げられたと思っていたのに、隙間《すきま》なく埋まって圧迫感を与《あた》えていたものが、次第《しだい》に幹也の内側を擦《こす》り始める。硬《かた》い肉が行き来する感触《かんしょく》が、身体の表面まで震《ふる》わせた。

「……あっ……あっう……」

特に引き抜かれそうになると、総毛立つような感覚に襲われた。そのままヴィルフリートが離れてしまうのではないかという恐《おそ》れも感じるからだろうか。だから両手だけではなく、全身でしがみついてしまう。

「もう少し緩《ゆる》めろ」

耳元で苦笑《くしょう》交じりに囁《ささや》かれるが、幹也はかぶりを振った。一瞬たりとも離れたくなかったし、そもそもなにをどうすればいいのかわからない。

「俺を早漏《そうろう》にさせる気か？」

その言葉に、さすがに慌《あわ》てる。終わってしまうのは嫌《いや》だ。思案した挙げ句、ゆっくりと息を吐《は》いてみた。しかしそこをヴィルフリートに深く突《つ》き上げられて、幹也は仰《の》け反った。

「ああっ、だ、だめっ……そこっ……」

指でさんざん啼かされた場所を、しかしヴィルフリートは何度も狙《ねら》ってくる。先ほどはヴィルフリートの指に縛《いまし》められていたが、今は突き上げに合わせて揺れるペニスから、先走りが止めどなく溢れていた。

「やだっ……出ちゃう……やだあっ……」

幼稚《ようち》な叫《さけ》びを気にする余裕《よゆう》もない。果ててしまったらそこまでだ。

「おかしなことを言う。ずっといきたかったんだろう？」

唆《そそのか》すように突き上げられて、幹也は首を振りながら逃《のが》れようと腰を引いた。しかし両膝《りょうひざ》を掴《つか》まれていて動けず、むしろわずかに角度が変わったせいで、新たに峻烈《しゅんれつ》な刺激《しげき》に見舞われた。

「ああっ、あっ……まだ……っ、終わりたくない……」

それを聞いて、ヴィルフリートは幹也の足首を摑み直し、激しく腰を打ちつけてきた。

「一度で済むと思うな。何度だっていかせてやる」

その言葉に安堵《あんど》したわけではないが、内壁をめちゃくちゃに擦られる感触に、幹也は抗《あらが》いきれずに絶頂を迎《むか》えた。肉筒《にくつつ》が緊張《きんちょう》に張りつめ、ヴィルフリートの存在を嫌というほど感じる。彼との行為《こうい》で達するのだと思うと、悦《よろこ》びも倍増するようだった。

ヴィルフリートの抽挿《ちゅうそう》は止まらず、飛沫《ひまつ》が身体ばかりか顔にまで散った。それを見て、ヴィルフリートはまんざらでもなさそうな笑みを浮《う》かべ、幹也にのしかかってくる。まだ余韻《よいん》にさざ波立っているような中を怒張《どちょう》で捏《こ》ねられ、幹也は息が整わないままに喘いだ。

「いい顔をする。他にも見た奴《やつ》がいるなら……妬《や》けるな」

頬についた精液を舐《な》め取られ、幹也はぎこちなく首を振った。

あなたが初めてだよ……。

「そうだな。後ろでいったのは初めてだったか」

幹也の心の声が聞こえたわけではないのだろうが、ヴィルフリートはそう言って上体を起こし、幹也の腰《こし》を抱え直した。背中まで浮き上がった身体を、味わうように腰を回してくる。いっとき弛緩《しかん》しかけた幹也の中は、ヴィルフリートのものにまとわりつくようにうねり出した。

「……あ、ああ……」

どろどろに溶《と》かされて、とろ火で炙《あぶ》られているようだ。ふつふつとあぶくを生じながら、少しでも火が強まれば、たちまち煮立《にた》ってしまいそうな。

ヴィルフリートは深く繋がったまま、幹也を反転させた。中を強く擦られて、肉壁《にくへき》がきゅうっと収縮する。

「ああっ……」

シーツを掴んで呻《うめ》いた幹也を、ヴィルフリートは貪《むさぼ》るように揺さぶった。あまりにも激しくて、感じているのか苦しいのかわからない。しかしヴィルフリートの息づかいが集中ぶりを伝えてきて、それが幹也を昂《たかぶ》らせた。

怒張が内壁全体を擦り上げる。感じる場所もすべて。もはやどこが感じるかもわからなくなっていた。触《ふ》れ合うところ全部が悦びを伝えてくる。

「ひ、うっ……」

胸に滑った指に乳首《ちくび》をつままれ、それが驚《おどろ》くほど硬く尖《とが》っていたのを知った。指の腹で押しつぶされて、めり込むほど擦られて、幹也は感じるままに腰を揺らした。

ヴィルフリートは低く唸《うな》ると、幹也の上体を引き上げた。

「ああっ……」

脳天まで響《ひび》くほど、深々と貫かれる。肉筒がぎゅうっと怒張を食い締《し》めるのに、それを振《ふ》り切るように律動を刻まれて、幹也は呻きながら予期しない絶頂へと導かれた。抑《おさ》えきれずにがくがくと揺れる身体《からだ》に、ヴィルフリートが思いきり楔《くさび》を捩《ね》じ込んでくる。うねる内壁を押し返すような脈動に、ヴィルフリートもまた果てたのだと気づいた。

なんという一体感だろう。ヴィルフリートの絶頂が、我がことのように伝わってくる。そして彼が自分の身体で感じてくれたことが、たまらなく嬉《うれ》しかった。目くるめく快楽をたしかに共有したのだと実感して、幹也は心も頂点に達する。

これ以上なにを望むだろう。どんなに好きになっても、一国の公爵《こうしゃく》でもあるヴィルフリートとでは、未来などない。ましてやヴィルフリートにその気はないし、幹也の想《おも》いすら知らないのだ。

しかし一緒《いっしょ》の時間を過ごし、同じものを食べ、笑い合い、感じ合った事実はたしかに残る。東洋の島国でのいっときのことをヴィルフリートが忘れてしまっても、幹也はずっと思い出を抱えていくだろう。

……それでいいじゃないか。それで充分《じゅうぶん》だ。

思い出の中のヴィルフリートは、幹也だけのものだ。

胸を喘《あえ》がせながら厚い胸板《むないた》に背中を預けていた幹也は、ずくりと蠢《うごめ》いた中のものに、小さく呻いた。ヴィルフリートのものが引き抜《ぬ》かれて、残滓《ざんし》が内腿《うちもも》を伝う。まさに芯《しん》を抜かれた人形のように、幹也はシーツの上に崩《くず》れ落ちた。

ああ、出ていかなきゃ……でも、もう少し待ってほしい。動けない……。

肩《かた》を摑むヴィルフリートを止めることもできず、幹也は仰向《あおむ》けにひっくり返された。

「……待……って……」

「待てない」

やったらおしまいかよ。ほんと、わがままだな。

胸の中で言い返している間に膝《ひざ》を割られて、間にヴィルフリートが腰を進めてくる。

……え？　また……？

さんざん嬲《なぶ》られて綻《ほころ》び、濡《ぬ》れそぼったそこに、達したばかりだとは思えないような硬さと大きさを持ったものが押し入ってきた。

「んっ、あ……」

「一度では済まないと言ったはずだ」

いや、俺は二回目だし……。

内壁を余すところなく探《さぐ》るような動きは、疲《つか》れ果てていたはずの幹也から新たな疼《うず》きを引き出していく。無理だ、もうつきあえない、と思うのに、身体も心もその誘惑《ゆうわく》に抗えない。

こんな悦びを知ってしまって、どうしたらいい？　これからの独り寝《ね》を、どうやって耐《た》えていこう。

そのまま抱《だ》き合う形で達し、今度こそ復活できないくらいにぐったりした幹也を、ヴィルフリートは膝の上に乗せた。

「……や、あっ……深、い……」

力が入らない身体を揺さぶられて、突き上げられる。苦しいのに、それを上回る快感が引きも切らず、幹也の下肢《かし》は別の生き物のように動いて、ヴィルフリートを貪った。

胸に吹《ふ》きかかるヴィルフリートの吐息《といき》が、熱くてせつない。そんな状態を見抜いたように、ヴィルフリートは幹也の乳首を吸い上げた。硬く膨《ふく》らんだ粒《つぶ》が舌で撫《な》で擦《さす》られ、その心地よさが背筋を伝って腰にまで響く。

うねるような絶頂の予感を覚えながら、幹也は意識を飛ばした。


目覚めたとき、室内は淡《あわ》いオレンジ色に染まっていた。もう夕刻なのだろう。

視線を巡《めぐ》らせたが、部屋の中にももちろんベッドにもヴィルフリートの姿はなかった。

何度目かのタイミングでブラックアウトしてしまったのは憶《おぼ》えている。セックスで意識をなくすなんてことが実際にあるのだということ、それが自分の身に降りかかったことにも驚きだった。たしかに、かつて味わったことのない悦びだったが。

そっと起き上がってみると節々が痛み、ことに腰は痺《しび》れたようだったが、動けないほどのダメージではない。

それよりも、さっぱりと拭《ぬぐ》われている身体のほうが気になった。まさか、ヴィルフリートが拭《ふ》いてくれたのだろうか。公爵さまに後始末をさせてしまったなら申しわけないが、ハウスキーパーやカミルに面倒《めんどう》を見られたのだったら赤面ものだ。

いずれにしても、もうここを出ていくのだから、恥《はじ》もかき捨てだ。

幹也は床《ゆか》に散らばったままの衣服を、拾いながら身に着けていった。服が放《ほう》り出されたままということは、やはり幹也の身体を清めてくれたのはヴィルフリートなのだろうか。その彼はどこにいるのだろう。

そっと主寝室《しゅしんしつ》のドアを開けて廊下《ろうか》に出ると、書斎《しょさい》のドアが細く開いていて、淡い灯《あか》りが洩《も》れていた。はっとして立ち止まった幹也の耳に、ヴィルフリートの声が聞こえる。電話かビデオ通話のようで、仕事らしき込み入った話をしている。

幹也は足音を忍《しの》ばせて自分の部屋へ向かい、急ぎ身支度《みじたく》を整えると、ビジネスバッグひとつを手にスイートルームを後にした。


「うわあ、どうしたの幹也！」

翌日、青山のオフィスに顔を出すと、受付係は開口一番驚きの声を上げた。

昨日の今日で、たしかにまだ身体はだるさが残っているが、その分見た目には気をつかって出社したつもりだ。スーツもちゃんと着ている。

「どうって、なにが？　昨日で終了《しゅうりょう》って、伝えてあっただろ」

「それは知ってるよ。岸マネが大騒《おおさわ》ぎしてたもん。ああ、代理は見つかったって。昨日の夜、挨拶《あいさつ》に行ってるはず」

「それならなんで驚くんだよ？」

「だって――」

受付係は椅子《いす》から腰を浮《う》かせて、まじまじと幹也の全身を見回した。その視線のしつこさに、幹也も自分をチェックする。ボタンも掛《か》け違《ちが》えてなければ、ワイシャツの裾《すそ》も出ていない。合わせたネクタイだって、特におかしくないだろう。

「超《ちょう》セクシー」

「は？　なに言ってんだよ、ばかばかしい」

ふざけた答えが返ってきて、気にした分、幹也はぞんざいに手を振った。

「ばかばかしくない！　大事なことだよ。ていうか、なんで？　公爵って男だよね？　あ、イケメンがそばにいたから影響《えいきょう》された？」

弾丸《だんがん》のような質問を浴びるうちに、幹也は焦《あせ》り出した。色気なんてものが出ているなら、思い当たる理由はひとつしかない。しかし、そんなものが表面に出てくるものなのか。なにも知らない第三者が気づくほど？

「……き、気のせい！　ていうか、俺はもともと超セクシーだから！　あ、岸さんのとこ行くね！」

逃《に》げるように奥へ進み、岸の部屋のドアを開けた。

「おう、お疲れ」

「おはようございます。あの、今回はいろいろとご迷惑《めいわく》をかけて申しわけありませんでした」

「ああ、まったくな」

岸はキーボードを叩《たた》く手を止めると、手前のソファに移動してきた。

「後任は俺の知り合いに頼《たの》んだ。ハイメンダール語なんてずっと使ってないって言ってたけど、まあなんとかなるだろ」

「ありがとうございます」

幹也はもう一度頭を下げてから、岸と向かい合って座った。

「どうした？　どんな客ともそつなくやるのが身上じゃなかったか。おまえが音を上げるなんて初めてだな」

「お詫《わ》びの言葉もありません。どんなペナルティも受けます」

幹也のほうから仕事を放棄《ほうき》したのは事実だし、大口の客だった。なにより今後の口コミダメージが気になる。

「さすがに四六時中つきっきりってのはキツかったか。俺も若かったころに経験あるけど」

「いえ、俺が至らなかったせいで」

「まあまあ」

岸は片手を上げた。

「クライン氏から連絡《れんらく》をもらってる。おまえには落ち度はない、公爵《こうしゃく》のわがままで振《ふ》り回し過ぎたせいだ、とな。むしろよく応《こた》えてくれて感謝していると言ってたぞ」

「……そう、ですか……」

カミルがうまく言い繕《つくろ》ってくれたらしい。画像の件といい、急に通訳を降りる件といい迷惑をかけたのに、オフィスへのフォローまでしてくれて申しわけないくらいだ。

「胃痛だって？　休ませてやってくれってことだからな、体調が回復するまでゆっくりしてろ」

えっ、そこまで作っておいてくれたのか。

「いいえ、とんでもない。仕事させてください」

予想に反してあまりにも優《やさ》しい待遇《たいぐう》を受け、幹也は恐縮《きょうしゅく》した。

「なに言ってんだ、医者に診《み》てもらえ。甘く見るな、潰《かい》ようかも知れないぞ。そんなんで仕事に出て、ぶっ倒《たお》れられるほうが迷惑だ」

そう言われてしまうと返す言葉がなくて、幹也は俯《うつむ》いた。

「うん、たしかに顔色が冴《さ》えないよ。すごく疲れてるっぽい」

岸は自分の言葉にうんうんと頷《うなず》いている。

受付係には色っぽく見えたらしいのに、独身で色事に無縁《むえん》という噂《うわさ》のある岸にはやつれているると見受けられるのか。

「どっちにしても、おまえは外してスケジュール組んであるからな。ま、どうにも手が足りなくなったら連絡するから、とりあえずは自宅療養《りょうよう》の名目で待機しとけ」

自分のデスクへ行く間も与《あた》えられずオフィスを追い出された幹也は、表参道を歩いて行きつけのカフェに入った。

席について反射的にネクタイを緩《ゆる》めようとし、はっとしてそのまま手を離《はな》す。

昨日は自宅に戻《もど》ってそのまま布団《ふとん》に潜《もぐ》り込んでしまったので、今朝、身支度をするときに気づいたのだが、身体中いたるところにキスマークが散らばっていた。鏡に映ったそれらを見ているうちに、昨日のことが怒濤《どとう》のように蘇《よみがえ》ってきて、幹也はひとり洗面台の前で蹲《うずくま》ってしまった。

初めは戸惑《とまど》いと多少の反感しかなかったのに、いつの間にそばにいるのが当たり前になってしまったのだろう。その違和感《いわかん》に気づいたのも、ひとりで鏡に映る姿を見てからだった。

わかってたはずなのにな……。

どんなに好きでももう会わない、これで終わりだと覚悟《かくご》を決めて、仕事を降りたはずだった。そもそも恋心《こいごころ》は幹也の一方的なもので、ヴィルフリートにとってはただの通訳なのだから、契《けい》約《やく》が終了すれば終わる関係だった。それが早まっただけのことだ。

首筋の吸い跡《あと》がじくじくと疼《うず》く。皮膚《ひふ》を吸い上げる強さやその感触《かんしょく》に、周囲の皮膚だけでなく身体《からだ》の内側までが昂《たかぶ》ったのを思い出す。いや、今も触《ふ》れられているような錯覚《さっかく》を感じて、幹也はカラーの中に指を滑《すべ》らせた。

……ヴィルフリートのせいだ。

あのまま立ち去って忘れるつもりだったのに、最後に深々と跡を残していった。きっともう一生消えない。けれどそれが嬉《うれ》しくてせつない。

指先がチェーンに触れた。

ああ、そういえば……。

いずれ初恋の少女の手がかりを教えると言われていたのだった。ハイメンダール王国で働くための口利《くちき》きと、彼女の情報を目当てにしていたのに、ひと月足らずでこんなにも気持ちが変わってしまうなんて。

ここしばらく初恋の少女のことなど考えただろうか。今、彼女への執着《しゅうちゃく》がすっかり失われていることに、幹也自身呆然《ぼうぜん》とする。長年幹也の心を占《し》めていた初恋の少女のスペースまで、ヴィルフリートは占領《せんりょう》してしまっていた。心の全部。

昨日、幹也の身体を埋《う》め尽《つ》くしたように、離れてなお幹也の中に居座っている。それが苦しくて、愛《いと》しい。

運ばれてきたコーヒーを口にしながら、ガラス越《ご》しに外を眺《なが》めた。通りのもう少し先には、ヴィルフリートと訪《おとず》れたブティックがある。都内だけでなく近郊《きんこう》のあちらこちらにまで、思い出の場所は点在していた。今後訪れるたびに、あるいは前を通り過ぎるだけでも、ヴィルフリートと過ごした時間が蘇るのだろう。

隣《となり》の席に座った女性がイヤフォンを外して、デジタルオーディオプレーヤーの画面を操作する。それをぼんやりと目に映していた幹也だったが、プレーヤーのボディにフジ電工のマークを見つけて我に返った。

そうだ。なんとかしなきゃ。

感傷に耽《ふけ》っている場合ではない。幹也がヴィルフリートの前から姿を消しても、それですべてが解決したわけではないのだ。

藤原は画像データをネタに、商談が円滑《えんかつ》に進むよう、幹也からヴィルフリートにとりなせと迫《せま》ってきた。幹也は自分とヴィルフリートはそんな関係ではないと否定すると同時に、ビジネスに口を挟《はさ》めるような立場ではないことも伝えたが、藤原は自分が手にした証拠《しょうこ》を疑っていないようだった。

いや、なんとしてもそれを利用して、商談をうまく運びたいという必死さまで窺《うかが》えるくらいだった。関係の真偽《しんぎ》はどうでもいい、スキャンダラスな画像があるのだからそれを公表されたくなければ従え、というような。

藤原は創業者一族のひとりだし、年齢《ねんれい》の割には商談の面子《メンツ》に並ぶくらいのポジションにもいる。そう焦らずとも順調に出世街道《かいどう》を進んでいくと思われるが、なりふり構わない強引《ごういん》さは引っかかった。

同族企業《きぎょう》ならではの軋轢《あつれき》や社員同士、あるいは身内同士の競争もあるのかもしれないが、藤原のやり方は犯罪に近い。それが公《おおやけ》になったときのリスクを比べたら、決して賢《かしこ》いやり方ではないと、幹也なら思う。

……なにか、わけがある……？

考えても、情報が少なすぎてすぐに降参した。

手っ取り早く調べるには、直接藤原に連絡を取るべきだろうか。しかしせっかくヴィルフリートから離れたというのに、幹也がうろちょろしていては意味がない。

でも……このままじっとしてるなんて……。

カミルには画像の件も打ち明けて、万が一のときの対応を頼《たの》んだけれど、幹也もできるだけのことはすると伝えた。実際、なにかせずにはいられない。藤原だって幹也に持ちかけた以上は、反応を待っているはずだ。

とにかく連絡を取ってみようと、幹也は急ぎ自宅に戻って、藤原に電話をした。

『かけ直す』

そう言って電話を切った藤原は、すぐに別の番号からかけ直してきた。

『公爵にとりなしたか？』

「前にも言ったとおり、俺は公爵にそんなことを頼める立場ではありません」

『見え透《す》いた嘘《うそ》はよせ』

藤原はたちまち声を荒《あら》らげた。やはりずいぶんと焦《あせ》っているように思える。

『話がつかなけりゃ、画像を流すだけだ。おまえの素性《すじょう》も一緒《いっしょ》にばらして、通訳の仕事なんかできなくしてやるって言ったよな？』

「ええ、それは困ります。だから、データを買い取るというのはどうですか？」

『なに？』

藤原が関心を寄せたのを感じて、幹也は突破口《とっぱこう》を開いた心地《ここち》だった。生来無駄《むだ》づかいとは縁《えん》がなく、仕事もそれなりに詰《つ》め込んでこなしてきたから、同年代の社会人よりはかなり貯金もしているつもりだ。

それでも足りなければ借り集めてでも、買い取ってしまえばいい。藤原を説得できない以上、それが幹也にできる残された方法だ。

「いくらなら売ってくれます？」

『二億』

「は……？」

予想を超《こ》えた桁《けた》を提示されて、幹也は呆然とする。

二億だと？　比較《ひかく》をしてはいけないが、誘拐《ゆうかい》の身代金《みのしろ》だってもっと常識的な額だろう。個人がどうこうできるものではない。

……渡《わた》す気はないってことかよ。

だから法外な金額を出してきたのだろうと、真剣《しんけん》に対峙《たいじ》していた幹也は腹立たしさに押し黙《だま》った。

電話の向こうで舌打ちが聞こえる。

『二億だ。それ以下じゃ話にならない』

「無理です。交渉《こうしょう》の余地がある金額を言ってくださ――」

『うるせえっ！』

割れるほどの怒鳴《どな》り声に、幹也は反射的に携帯《けいたい》を遠ざけた。

『出せないなら、ごちゃごちゃ言うんじゃねえ！　おとなしく言われたとおりに公爵にとりなしゃいいんだよ！』

そこで通話が切れ、幹也は静寂《せいじゃく》の中に残された。藤原のあまりの剣幕に、まだ鼓膜《こまく》がぼうっとしている。

どう考えても実現不可能な要求を突《つ》きつけてくるわりに、藤原の態度はあまりにも杜撰《ずさん》だ。一介《いっかい》の通訳でしかない幹也から引き出せる金など、予想がつくだろう。それが、無理だと告げたとたんに逆上した。

では、本気で幹也から二億円を巻き上げるつもりだったのか。たしかに買い取ると言ったときには、関心を示した様子だったが。

そんな大金、どうするつもりなんだよ……？

堅実《けんじつ》な生活をしてきた庶民《しょみん》の幹也には、億単位の金が必要になる状況《じょうきょう》というのが理解できない。せいぜい都心に家を買う場合くらいのものだろうが、それだって一括支払《いっかつしはら》いというほうがふつうではない。藤原クラスの社会人なら、ローンが組めないはずもない。

なによりあの取り乱し方がおかしい。幹也に食ってかかりながらも、逆に脅《おび》えが見え隠《かく》れしていたように感じた。

でも……金が出せないなら、商談を取り持てって言ってた。

商談がまとまったとして、一社員にそんな巨額《きょがく》のインセンティブが払われるとは考えられない。たしかに藤原は今回の商談の担当ではあるが、あくまでもメンバーの一員で、手柄《てがら》の独り占《じ》めはできないだろう。

どういうことなんだ……？

このままでは藤原との交渉が不可能なのも焦りを感じたが、あまりにも状況が不可解で、藤原の様子がおかしいことも気になってしかたがない。

ヴィルフリートに被害《ひがい》が及《およ》ぶことを恐《おそ》れてそばを離《はな》れ、せめて自力でその憂《うれ》いを取り払おうとしたのに、まったくなにもできていない。

藤原はヴィルフリートに直接当たれないから、幹也を利用しようとした。それがうまくいかないと、先ほどの電話で察しただろう。では、いよいよヴィルフリートと対峙するのだろうか。

自宅リビングのソファで、幹也は膝《ひざ》の上の両手を握《にぎ》りしめた。視線の先には、テーブルに投げ出された携帯がある。

電話……してみようか……？

藤原に気をつけるよう注意を促《うなが》しておくだけでも、したほうがいいのではないか。

しかしすぐに幹也は思い直した。カミルにはおおよその事情を説明してある。幹也には手も足も出なくても、ヴィルフリートの秘書という立場のカミルなら手段はある。ヴィルフリートの安全も、ボディガードがついている。

もう幹也の出る幕はなかった。自分がすべきことはヴィルフリートから遠ざかって無関係になることだけだと、そう結論づけて今に至っているのではなかったか。

なにもできないならじっとしている——きっとそれがいちばんなのだ。

その夜、幹也は夢を見た。

まだ訪《おとず》れたことのないバルト海の島国で、水平線に沈《しず》む夕日をヴィルフリートと見つめていた。

翌日も幹也はオフィスに顔を出した。

「休みだって言ったろ。出てきたって仕事はないからな」

岸はそう言って追い返そうとしたが、幹也も言い返した。

「休みだから好きにしてるんです。俺にはかまわず、仕事してください」

ひとりで家にいると、よからぬ妄想《もうそう》ばかりが膨《ふく》らんで、妙《みょう》な行動を起こしそうで怖《こわ》かった。

それがヴィルフリートの不利になるような結果になったらたまらない。

人の目があるオフィスなら、せいぜい事務処理くらいしかすることはない。

「病院は行ったのか？」

「ええ、ご心配なく。なんでもありませんでした」

それは嘘だ。病院へは行っていない。キスマークだらけの身体《からだ》を見せることになるし、体調は問題ない。

むしろヴィルフリートの痕跡《こんせき》が日々薄《うす》くなっていくのが、幹也をせつなくさせていた。身体に残された証拠《しょうこ》は消えていくのに、心の中のヴィルフリートは逆に鮮明《せんめい》になっていく。眠《ねむ》れば必ず夢に現れたし、今では瞼《まぶた》を閉じただけでその姿が浮《う》かび上がってくる。

少し皮肉げに口端を上げる笑《え》みや、日の光や照明に、あるいはその感情に、微妙《びみょう》に色を変えるすみれ色の瞳《ひとみ》、爪《つめ》の形まで整った長い指。彫刻《ちょうこく》のような肉体は、力強く熱く——。


その日も出勤の支度《したく》をして、ネクタイを結びかけていた幹也は、目覚める前に夢で見た光景を思い出してため息をついた。

ヴィルフリートにキスをされていた。唇《くちびる》を覆《おお》われ、きつく吸われて舌を引きずり出され、それを柔《やわ》らかく噛《か》まれる。洩《も》らした呻《うめ》きまでヴィルフリートの口中に奪《うば》われて——。

……まずい。早く出かけよう。

そう思って手を動かすと、インターフォンが鳴った。

休暇《きゅうか》中なので定時出社よりも遅《おそ》い時間——というか昼前だが、宅配便の類《たぐい》はボックスへ投函《とうかん》するように指示をしてある。心当たりがなく首を傾《かし》げながら応答すると、ドイツ語が聞こえた。

『おはよう、カミルだ』

「……ええっ？」

幹也は慌《あわ》てて玄関《げんかん》に向かった。ドアを開けると、たしかにスーツ姿のカミルがいた。

「連絡《れんらく》もせず、急にすまない」

「い、いいえ。あの、ヴィルフリートになにか？」

にわかに走り出した心臓を感じながら尋《たず》ねると、カミルは肩《かた》を竦《すく》めた。

「大ありだ。まったく手に負えない」

「え――」

「きみがいなくなってから、立派な引きこもりだ。まあ、おとなしくしている分にはありがたいが、仕事にまで影響《えいきょう》が出ている」

ヴィルフリートが？　日中、どんなに出歩いていても、自室に戻《もど》ってからは仕事をしていた彼が？　幹也が出ていくときだって、仕事の連絡を取っていた。

「ある程度は俺がフォローできるが、さすがに商談に出ないわけにはいかないだろう」

「商談って、フジ電工との？　今日なんですか？」

カミルは頷《うなず》いて腕時計《うでどけい》に目を落とした。

「十四時からだ。後任の通訳とでは出席しないと言い張っている。まあ、初日の挨拶《あいさつ》以来、ヴィルフリートは彼を完全無視してるがね」

なんだって……？　どういうことなんだ……。

あまりにもいろいろと聞かされて、幹也は混乱した。ヴィルフリートはわがままで強引《ごういん》なところはあるが、本気で他人を困らせるようなことはしない——はずだ。

ふと、無視されているという後任の通訳を気の毒に思う。この仕事は、相手に信用されてこそだ。無視なんてされたら、それだけで気力が萎《な》える。

「というわけで、緊急《きんきゅう》出勤してもらう。ちょうどいい、支度はできているようだな。上着はどこだ？」

「え？　あ、ちょっと待ってください！」

らしくもなく強引に上がり込んだカミルの後を、幹也は慌てて追いかけた。

寝室《しんしつ》で、カミルはハンガーからスーツの上着を外している。

「カミル、出勤って……フジ電工との商談にですか？」

「他《ほか》になにがある？　この上着でいいんだろう？」

「待ってください！　行けません。俺はもう仕事を降りた」

「それが？」

カミルは眼光鋭《するど》く幹也を見据《みす》えた。

「ヴィルフリートのために通訳を降りたんだろう？　つまり、あいつのためなら身を挺《てい》する所存のわけだ。奴《やつ》がこのまま商談に出席しなかったら、会社もろとも害を被《こうむ》る。それを回避《かいひ》できるのは幹也、きみだけだ」

「……でも、向こうには藤原がいる……」

藤原の真意が摑《つか》めず、その上かなり切羽詰《せっぱつ》まっているような様子からして、なにをしでかすかわからなかった。まさかとは思うが、商談の場に隠《かく》し撮《ど》りの件を持ち出すようなことがあったら――。

「『バルト海の金剛王《こんごうおう》』と称《しょう》されている男だ。これくらいのことで負けたりしない」

ヴィルフリートの異名を耳にして、はっとした幹也に、カミルは深く頷く。

「しかしそれも、まずは敵と対峙《たいじ》してのこと。戦いの場にあいつを引き出すには、きみが必要だ。それにヴィルフリートのためだというなら、そばにいて万が一のときには手助けをするべきだろう」

たしかにそうかもしれない。こうしていても、もう幹也にできることはない。ならばヴィルフリートの元に駆《か》けつけ、藤原の出方を見て対応するのも一案だ。

そう思うと、この数日胸に巣くっていた不安と苛々《いらいら》がずいぶんと消えた気がした。同時に活力のようなものが漲《みなぎ》ってくる。

ああ……そうかもしれない……。

得体の知れないなにかに襲《おそ》いかかられそうになっていても、逃《に》げることばかりが対処ではない。立ち向かって正体を見極《みきわ》めることで、解決策も見出《みいだ》せるかもしれないのだ。

それは案外可能なことかもしれないし、たとえ敵《かな》わなくても――ヴィルフリートと一緒《いっしょ》なら怖くない。

そんなふうに考えているうちに、幹也はカミルに引っ張られて自宅を出、ハイヤーの後部席に押し込まれた。

「はい」

カミルから紙袋《かみぶくろ》を手渡《てわた》され、なにも考えずに口を開けると、中にはサンドイッチが入っていた。

「な、なんですか、これ」

「ああ、ちょっと待って。今、コーヒーも入れるから」

隣《となり》に座ったカミルは、ポットから湯気の立つコーヒーを注《つ》ぐ。しかるべき場所で正装のウェイターから供してもらうにふさわしい香《かお》りが、車内に漂《ただよ》った。

「ん？　おにぎりのほうがいい？　んー、でもなあ、これは俺用なんだよね」

もったいぶるようにカミルが別の袋から取り出したのは、海苔《のり》を巻いた三角おにぎりだった。

「旨《うま》いね、これ。一度食べたら気にいっちゃって。米を食べてるのに、片手が空くのが便利だよ。寿司《すし》にしてもおにぎりにしても、日本人の食のアイデアはすごい。ああ、弁当は芸術だよね！」

「…………」

幹也は呆然《ぼうぜん》として、カミルがおにぎりをひとつ食べきるのを眺《なが》めていた。なんなんだろう、この緊張感《きんちょうかん》のなさは。先ほどまで超《ちょう》シリアスに、凄《すご》みまで見せて幹也を説得していたのに。幹也を説得するまでが、自分の仕事ということなのか。

「どうした？　食べなさいよ。昼食をとる時間はない」

「いや、でもこれから商談でしょう？　少しでも対応策を練るとか――」

「ああ、そんなのヴィルフリートに任せておけばいい」

カミルは片手を振《ふ》って、二個目のおにぎりにかぶりついた。

「こう言ったらなんだけど、あんな企業《きぎょう》の社員が何人雁首《がんくび》を並べようと、ヴィルフリートひとりでどうとでもなるから」

「『バルト海の金剛王』だから……ですか？」

正統派の経済誌が称賛《しょうさん》を込めてそう呼ぶくらいだから、ビジネスマンとしての評価は本物なのだろう。それはわかるが――。

「そう、ダイヤモンドは硬《かた》くて強い。けど、弱点もある。燃えたら灰も残らない」

「えっ……」

地上でもっとも硬い物質という印象が強いせいか、燃えると言われて驚《おどろ》いた。炎《ほのお》の中でも毅《き》然《ぜん》と輝《かがや》いているイメージだった。

「炭素だから酸素と反応して気化するんだよ。炭酸ガスになっちゃったら、ダイヤもなにもないよね。消えてなくなってそのまま」

　そう言って二個目のおにぎりも食べつくしたカミルは、愉快《ゆかい》そうに肩を揺《ゆ》らした。

「奴は今、熱くなってるからな。燃え上がらせたのはきみだよ。責任を感じるならその点で。暴走しすぎて消えないように、しっかり見張ってて」


　ハイヤーが停《と》まったのはフジ電工本社がある東雲《しののめ》ではなく、ヴィルフリートが仮住まいしている日比谷のホテル前だった。

　降り立って呆然とする幹也の肩をカミルが叩《たた》く。

「わがままなボスは、試合場所をアウェイからホームへ変更《へんこう》させたんだよ。選手の面子《メンツ》まで指定してね」

　どういうつもりなのだろう。藤原ばかりかヴィルフリートの考えていることもわからない。こんな状態で幹也が乗り込んでも、なんの手助けにもならないのではないか。

　……いやいや、どう運んでも、ヴィルフリートのために動くんだよ。そのために来たんだから。

　戸惑《とまど》う自らを叱咤《しった》して、幹也はスイートのフロアへ向かった。

　まさか再びここに来ることがあるとは――感慨《かんがい》深くドアを開ける。室内の空気までが懐《なつ》かしくせつなく、幹也は玄関《げんかん》ホールで息を吸い込んだ。

初日に目を奪《うば》われたクリスタルの船も、変わらず花台の上に飾《かざ》られている。そこにもうひとつ、見事なバラのクリスタルが添《そ》えられているのに気づいた。

「ヴィルフリートがいるというしるしだ。今日は公式の客を迎《むか》えるからね」

「ああ」

ハイメンダールでは自分用のモチーフを持つ古い習慣があると、ヴィルフリートが言っていた。幹也のペンダントヘッドも、それだろうということだった。

ヴィルフリートのしるしもバラなのか。ということは、ポピュラーなモチーフのようだ。初《はつ》恋《こい》の少女を特定するなんて、本当はヴィルフリートにも不可能なのでは——そう思ったが、がっかりすることもなければ、騙《だま》されたと憤《いきどお》りもしなかった。

そんなことよりも、目前に迫《せま》ったイベントに気を取られていた。それ以上に、今からヴィルフリートに再会できることに。

商談はサロンで行われるらしく、両開きのドアの向こうに、すでに人の気配があった。その前を通り過ぎて、書斎《しょさい》へ向かう。

「ボス、お待ちかねの通訳が到着《とうちゃく》したよ」

ドアを開けたカミルの肩越《かたご》しに、幹也は室内を覗《のぞ》いた。待ちきれなかったのは自分のほうだ。すぐにカミルが横に移動して、促《うなが》されるままに幹也も室内に踏《ふ》み込む。

「……あ――」

ヴィルフリートがいた。初めて目にするビジネススーツ姿で、きっちりと撫《な》でつけた髪《かみ》が端《たん》整《せい》な顔立ちを引き立てている。黒地にベージュとブルーのピンストライプがかすかに浮《う》かんだスーツは抑《おさ》え目だが、赤紫《あかむらさき》系の大振《おおぶ》りなペイズリー柄《がら》のネクタイは凡人《ぼんじん》にはなかなか合わせられない、美丈夫《びじょうふ》ならではのコーディネートだ。

いや、服装なんてどうだっていい。ヴィルフリートだ。ヴィルフリートが目の前にいる。幹也の心臓は、室内に響《ひび》き渡《わた》っているのではないかと思うくらいに高鳴っていた。

すみれ色の瞳《ひとみ》が幹也を捉《とら》えた。息が詰《つ》まる。胸が締《し》めつけられる。こんなにも自分が彼を愛していることを、今さらながら思い知った。

それなのに幹也は好きだと伝えるどころか、嘘《うそ》を並べ立ててヴィルフリートの前から去った。それが彼のために自分ができることだと思っての行動だったが、ヴィルフリートはどう思っているのだろう。

嫌《きら》われるのは承知の上だった。むしろそのためにはすっぱな自分を演じたのだったが、こうして再会するとそれが悔《く》やまれてしかたない。

正直に相談するべきだったのだ。ヴィルフリートの力に頼《たよ》るという意味ではなく、知る限りの現状を伝えて相談し、ともに立ち向かうべきだった。

すべてを自分で引き受け、相手をなにも知らない安全圏《けん》に追いやることが愛情ではない。それでは好きな相手を信用していないのも同じだ。相手を信じて隠《かく》しごとをしないことこそ、誠意と愛情だった。

しかも……自分じゃなにもできなかった……。

ゆっくりと近づいてくるヴィルフリートに、幹也はたまらずその名を呼んだ。

「……ヴィルフリートっ……」

なにを言えばいい？　今、言えるのは謝ることだけだ。なんの足しにもならない。すでにヴィルフリートは幹也を見限っていて、呼びつけたのは藤原と並んで幹也も断罪するためかもしれない。

でも……それでもひと言――。

幹也の前に立ったヴィルフリートは、片手で素早《すばや》く幹也を抱《だ》き寄せた。片腕《かたうで》でもその力強さははっきりと伝わってきて、幹也は膝《ひざ》が緩《ゆる》みそうになる。

「勝手なことをして……」

耳元で聞こえた呟《つぶや》きに、幹也は狼狽《うろた》えた。

「す、すみません……」

「俺に任せろ。おまえは横にいればいい」

ヴィルフリートはそれだけ言うと、抱きしめてきたときと同じように素早く幹也を離《はな》して、先に廊下《ろうか》に出た。

スイートルームには、サロンという名称《めいしょう》の多目的広間が備わっている。テーブルや椅子《いす》の配置によって、晩餐会《ばんさんかい》も立食パーティーも、会議も可能だ。

先頭にいたカミルが両開きのドアを開けて、室内に声をかける。

「お待たせしました。バルヒェット公爵《こうしゃく》がまいります」

こちらを振り返ったカミルに、ヴィルフリートは軽く頷《うなず》いて歩を進めた。後に続く幹也は緊《きん》張《ちょう》で足が震《ふる》える。

室内では次々に席を立つ音がして、幹也はヴィルフリートの肩越しにその光景を見る。真っ先に目についたのは、藤原の姿だった。真夏とはいえビジネスの場には少々明るすぎるのではないかと思うくらいの淡《あわ》いグレーのスーツに、レジメンタルではあるがコバルトブルー系のネクタイを締めている。

藤原もまた幹也を認めて、威嚇《いかく》するように目を細めた。

「本日はお時間をいただきまして恐縮《きょうしゅく》です。改めましてお初にお目にかかります、株式会社フジ電気工業の代表取締役《とりしまりやく》を務めております藤原義之《よしゆき》と申します」

まず中央の初老の男性が口を開き、幹也は即座《そくざ》に通訳業務に頭をシフトさせたのだが、その役職を聞いてぎょっとした。

フジ電工の社長か！

フォルストカンパニー側はCEOのヴィルフリートが出ているのだから、当然といえばそうなのだろうが、これまでに幹也が関《かか》わってきた商談の場は、たいていが実務者レベルか管轄《かんかつ》部署の長あたりで、トップ同士の会合になると、商談というよりも顔合わせ的なものが多い。企《き》業《ぎょう》をまとめる立場の取締役連中では実際の折衝《せっしょう》には不向きで、それが適材適所というものだ。

むしろCEOが出てくるフォルストカンパニーのほうが特異なのだが、これもまた社風や方針なのだろう。

しかし以前に幹也が聞いていた話では、フォルストカンパニー側も了承《りょうしょう》済みで、フジ電工は資材輸入部門の社員を中心に出席するとのことだった。

その後、次々に自己紹介《しょうかい》していく面子は常務だ専務だ業務執行《しっこう》だと、総勢六人中藤原毅彦を除きすべてが取締役だった。しかも藤原姓《せい》が多く、おそらく全員が創業者一族なのだろう。

幹也は戸惑いながらも、ハイメンダール語で全員を紹介する。

「資材輸入部門で部長を務めております、藤原毅彦です。公爵、先だっては葉山までお運びくださり、ありがとうございました」

ぬけぬけと言い放つ藤原に、幹也は内心歯噛《はが》みする思いだったが、堪《こら》えて少なくとも表面上は淡々《たんたん》と通訳をした。

「ヴィルフリート・ハインツ・フォルスト。当社の代表だ」

ヴィルフリートは短く答えて、全員に着席を促した。

通訳の立場だと通常は一歩下がった位置に控《ひか》えるのだが、フォルストカンパニー側がヴィルフリートとカミルだけなので、ヴィルフリートの隣《となり》に席が用意されていた。

そういえばフォルストカンパニーの他《ほか》の社員は出席しないのだろうか。ヴィルフリートと一《いっ》緒《しょ》に来日することはなくても、商談に合わせてやってくるとばかり思っていたが。

「急なお呼び出しになりましたが、お揃《そろ》いの来訪に感謝します」

カミルが言うと、藤原がすかさず返してくる。

「たしかにこの顔ぶれで伺《うかが》うと聞いて驚《おどろ》きましたが、大筋はもうご了承済みということでしょうか。担当者としては非常に嬉《うれ》しく思っています。公爵の来日に合わせて、少しでもお近づきになり、おもてなししようと努めた甲斐《かい》がありました」

言外に自分の手柄《てがら》だとアピールする藤原に、常務が苦笑《くしょう》した。

「接待の才能はあるようで……これまでにも喜んでいただいております」

……いったいどうなってるんだ……これじゃもう、こいつの言うとおりに商談は本決まりなのか？

しかし、カミルには藤原の仕業《しわざ》を伝えてある。ヴィルフリートを守る立場の彼が、まったく動かないなんてことは考えられなかった。

では、あの件と商談は別物ということか。フジ電工との取引は、フォルストカンパニーにとっても有益なもので、だから既《すで》に締結《ていけつ》を前提として進行していた、と。

……でも、それならどうして藤原はあんなに必死になってたんだ……？　商談がまとまるものだったなら、藤原は必死にヴィルフリートのご機嫌《きげん》を取ることも、ましてや脅《おど》しをかけようとする必要などなかったはずだ。

ヴィルフリートがテーブルを指先で叩《たた》き、その音に幹也は思考を中断された。

「そちらに揃ってもらったのは、見せたいものがあったからだ。カミル――」

カミルは束ねた書類を、それぞれの前に置いていく。当たり前だが幹也の分はなく、しかしテーブルの向かい側に置かれたそれは日本語で書かれ、読み取るには充分《じゅうぶん》だった。

【調査書――藤原毅彦氏――】

ざわめく取締役たちが、次々と書類を捲《めく》り始める。ほどなく唸《うな》り声や狼狽える声が聞こえてきて、そのうち藤原が音高く席を立った。

「こっ……こんな……でたらめだ！」

「ゴールズを急《せ》かして、提出させた資料だぞ。どの辺がでたらめだか、言ってもらおうか。ベネズエラのニコラス社から賄賂《わいろ》を受け取った件か？　それともセルテックに新製品情報を流した件か？」

ゴールズというのはイギリスに拠点《きょてん》を置く調査会社で、その調査力は欧州《おうしゅう》一と評されている。噂《うわさ》によれば、各国のエージェント出身者が多く籍《せき》を置いているらしい。

もちろん費用も莫大《ばくだい》になるが、そこに依頼《いらい》して即行《そっこう》で調査書を上げさせるなんて、やはりヴィルフリートの力は並大抵《なみたいてい》ではない。

「ああ、自分が勤める会社の経費や社員積立金を、何度も繰《く》り返して横領していた件か。現在のところその金額は、およそ二億円――」

口端《こうたん》を上げながらも眼光鋭《するど》く藤原を見据《みす》えるヴィルフリートの向かい側で、専務が激昂《げきこう》して立ち上がった。

「穀彦っ！　おまえなんてことを……」

「違《ちが》います、叔父《おじ》さん！」

「よさないか、ふたりとも！」

一喝《いっかつ》したのは社長の藤原氏で、立ち上がると深々と頭を下げてきた。

「お恥《は》ずかしいところをお見せして、まことに申しわけありません。また、この件に関しては、ただちに精査してご報告をさせていただきます」

「ゴールズの調査を疑うのか？　それならそれでけっこう。しょせんはそちらと他社との問題だからな。しかし、これはどうしてくれる？」

ヴィルフリートがテーブルに投げ出したのは、あの画像をプリントアウトしたものだった。

幹也の顔にはモザイクがかけられていたが、男とのキスシーンなのは誰《だれ》の目にも明らかだ。

驚愕《きょうがく》するフジ電工側を前に、幹也は冷や汗《あせ》が噴《ふ》き出すのを感じながら、声の震えをこらえて通訳した。

「これは彼が用意した接待場所で、隠《かく》しカメラで撮影《さつえい》された動画の一部分だ。それを材料にして相手を脅し、商談がまとまるように口利《くちき》きしろと迫《せま》った」

重役たちは俯《うつむ》いてかぶりを振《ふ》る者、憎々《にくにく》しげにプリントを睨《にら》みつける者、放心したように椅子に背中を預ける者とそれぞれだったが、藤原はよろよろと後ずさったかと思うと、ドアに向かって駆《か》け出した。

しかしヴィルフリートが軽く指を鳴らすと、藤原の目の前でドアが開き、いかにもボディガード然とした屈強《くつきよう》そうなスーツ姿の男がふたり、その行く手を遮《さえぎ》った。がくりと肩《かた》を落とした藤原は、男たちに席へ戻《もど》される。

「フジ電工の技術力と製品レベルは評価するが、こんな社員がいては信用できない。また、これが見逃《みのが》されていた社風も同様。残念だが、今回の商談は白紙ということにしよう」

「まっ……、お待ちください！　監督《かんとく》不行き届きは返す言葉もございませんが、どうかお考え直しいただけませんか？」

社長が必死に直訴《じきそ》するのに、他の重役たちも倣《なら》って頭を下げた。

「毅彦には相応の処分を下します。この……か、隠し撮《ど》りデータもすべてお渡《わた》しします。他になにかご要望があれば、なんなりとお申しつけください」

この時点で、フジ電工は圧倒《あつとう》的に不利な立場に立たされた。商談がまとまらないだけでなく、企業の質を問われる不祥事《ふしようじ》ネタを逆にヴィルフリートに握《にぎ》られたことになる。むしろ商談よりも、そちらのほうがおおごとだ。

「そんなことはそちらで考えるといい。言われて従うなど、子どもでもできることだ」

話は済んだとばかりに、ヴィルフリートが立ち上がる。重役たちは揃って起立して頭を下げてきたが、藤原は糸が切れた人形のように座り込んでいたので、腕《うで》を引っ張られて立たされ、頭を押さえつけるように会釈《えしゃく》させられた。

なんという手腕《しゅわん》だろうと、幹也は呆然《ぼうぜん》としてその光景を眺《なが》めていた。この場に来るまでは、こんな展開が待っているなんて予想もしていなかった。幹也がずっと悩《なや》んでいたことが、たちまち解決してしまったことになる。

「行くぞ」

ヴィルフリートの促《うなが》す声に、幹也は慌《あわ》てて後に続いた。

背後でカミルが、英語でフジ電工の一行に指示をする声が聞こえた。


ヴィルフリートが無言で進むので、幹也はそのまま後をついて廊下《ろうか》を進んだ。主寝室《しゅしんしつ》のドアを開けて入っていったヴィルフリートに、わずかに躊躇《ためら》いながらも幹也も続く。

あの日と同じように、室内は日差しに溢《あふ》れていた。既視感《きしかん》に襲《おそ》われて、幹也は眩暈《めまい》を感じる。

ヴィルフリートは窓辺まで行くと、幹也を振り返った。逆光に銀髪《ぎんぱつ》が輪郭《りんかく》を暈《ぼか》す。

「なにか言うことは？」

見惚《みと》れていた幹也は我に返った。

「申しわけありません……ご迷惑《めいわく》をおかけして」

「迷惑？　藤原と関係があるだのと嘘《うそ》をついた上に、脅迫《きょうはく》を隠していたことか」

「いえ――」

あんな写真を撮られた上に、自分ではなにも対処できなかったことの謝罪だったが、ヴィルフリートはすべて知っているらしいと気づく。

「……そうですか、全部知ってるんですね」

「カミルは俺に隠しごとなどできない。隠そうとしても、力ずくで聞き出すのを知っていることに今回は、自白剤《ざい》を使っても聞き出すつもりだったからな」

「あなたが言うと冗談《じょうだん》に聞こえません」

「冗談ではない。おまえが関係していることなのだから」

「俺はどうでもいいんです、あなたの名前に瑕《きず》がつかなければ。そのために動いたつもりでしたが……なにもできませんでした」

「瑕などつかない。俺の異名を知っているだろう」

「ああ、そうでした。ダイヤモンドキング……」

思わず口元が緩《ゆる》むと、ヴィルフリートもまた微笑《ほほえ》んで幹也を手招いた。引き寄せられるように歩み寄ってしまう。

「でも、ダイヤには弱点もあると、カミルが言っていました」

「よけいなことを」

「ええ。ヴィルフリートにはあまり当てはまらないようですね」

「そんなことはないが……つまり、これまでのおまえの行動は、俺のためだったということだな？」

すみれ色の瞳《ひとみ》で覗《のぞ》き込まれて、幹也は肯定《こうてい》も否定もできずに目を伏《ふ》せた。そのつもりでも、結果的にヴィルフリートを煩《わずら》わせたのは事実だし、藤原の所業を糾弾《きゅうだん》するためとはいえ、フジ電工の重役たちに画像を提示することになった。幹也の顔は隠されていたが、ヴィルフリートが男とキスをしていたのは知られてしまったのだ。

「……すみません……」

「なぜ謝る？　俺のために動いてくれた礼をしようというのに」

「え……？」

ヴィルフリートは幹也の喉元《のどもと》に指を滑《すべ》らせると、ワイシャツのカラーの内側から、チェーンを引き出した。楕円《だえん》形のペンダントヘッドがこぼれ出る。

「初恋《はっこい》の君の情報を教えよう。この花はバラでなく、テクラという。ハイメンダール固有の植物で、主に王立植物園で育てられている。この花をモチーフに使えるのは王族で――」

「いいんです、もう」

幹也はヴィルフリートの手を押しやって、かぶりを振った。

「彼女のことはもういいんです」

ずっと幹也の心を占《し》めていた初恋の少女の面影《おもかげ》は、すでに淡《あわ》く消えかけていた。その代わりに鮮《あざ》やかに居座っているのは、今目の前にいるヴィルフリートだ。

「いい？　どういうことだ？　ずっと想《おも》い続けていたんだろう？」

「そうですけど……」

「薄情《はくじょう》なことだな」

ヴィルフリートの言葉に、幹也はなにも返せず俯いた。

たしかにそう見えるかもしれない。初対面のヴィルフリートに、幹也は少女との馴《な》れ初《そ》めと、影響《えいきょう》された人生を熱く語った。それがたったひと月でひっくり返っているのだから。

しかし、それよりもずっと心奪《うば》われる相手を見つけてしまったのだ。この気持ちは片想いでも変わらず、離《はな》れようとしても忘れられず――。

……でも、言えない。

先日の別れ際《ぎわ》に吐《は》いた言葉が嘘だと知られても、幹也がヴィルフリートに恋をしていることは、伝えてはいけないと思った。これ以上の迷惑はかけられない。彼にとって幹也は、異邦《いほう》の地でつかの間関《かか》わっただけの通訳であり、ちょっとした戯《たわむ》れの相手でしかない。それなのに告白したりしたら、ヴィルフリートを困らせるだけだ。

一見、傲慢《ごうまん》でわがままそうで、生まれついた恵《めぐ》まれた身分に安穏《あんのん》としているようなヴィルフリートの、実は高貴な身にふさわしい精神や、企業人《きぎょう》としての優秀《ゆうしゅう》さ、そしてさりげない気配りや優《やさ》しさに気づいた。幹也の気持ちを知ったら、きっと気をつかわせてしまう。

こうして以前のように言葉が交《か》わせる――それだけで充分《じゅうぶん》だ。

「初恋の君に会ったら、手紙に書いてあった言葉を言うんだろう？」

その言葉に、幹也は驚《おどろ》いて顔を上げた。ヴィルフリートは口端《こうたん》を上げている。

「……どうして……それを……？」

彼女との思い出は話したけれど、手紙の内容までは知らせなかったはずだ。ヴィルフリートだけではなく、他《ほか》の誰《だれ》にも話したことはない。

じゃあ、彼女から聞いたのか……？

先ほどヴィルフリートは、ペンダントヘッドに刻まれた花が、バラではなくハイメンダールの固有種だと言っていた。モチーフとして使うのを許されているのは、王族に限られているとも――。

初恋の少女はヴィルフリートと同じくハイメンダールの王族で、だからヴィルフリートも幹也の話を聞いたときから、本人の予想がついていたということなのか。そして、そのエピソードを彼女からも聞いていたのか。

「やれやれ、まだわからないのか」

ヴィルフリートは肩《かた》を竦《すく》めた。

「そんなに俺は美少女だったか？　そうと信じきって、十七年も想い続けるくらいに？　見る目がないな、幹也。いや、見る目があったと言うべきか」

……え？　ええっ⁉

「……まさか……あの子がヴィルフリート⁉」

ヴィルフリートは答えずに微笑《わら》っている。

どこをどう見れば、彼女とヴィルフリートが同一人物だと思えるのか。初恋の少女は、どこから見ても完璧《かんぺき》な美少女だった。将来は誰もが称賛《しょうさん》するような美しい女性に成長するだろうと、子どもの幹也でも思ったものだ。

間違《まちが》っても目の前にいるような、美貌《びぼう》だけれど長身で逞《たくま》しい男になっているなんて予想しなかった。

「……どうして……女装なんか……」

驚きが通り過ぎると、幹也は恨《うら》みがましい声で呟《つぶや》いた。なんてことだ、初恋の相手が少年だったなんて。それを知らずにずっと想い続けていたなんて。

ましてやその相手が今の想い人だったなんて、なんという皮肉な因縁《いんねん》だろう。二度も叶《かな》わない相手に恋をするなんて。

「たまたまだ。あのパーティーには旅行中に飛び入り参加したんだが、急なことで衣装が用意できなかった。サイズの合うものがドレスしかなく、周囲の悪乗りであの格好になった。不本意だったが、それまであまり同年代の子どもが集まる場所に行ったこともなかったから、ぜひ参加したくて……正解だったな。それで幹也に会えた」

ヴィルフリートの指先がペンダントヘッドを揺《ゆ》らした。

「どうして……これをくれたの？」

「覚えていてほしかったからだ。あのときはやむにやまれぬ事情で急遽《きゅうきょ》コペンハーゲンを発《た》つことになったが、どうしてもおまえとあれきりにしたくなかった。おまえがこれを持ち続けていれば、きっとまた会える——願掛《がんか》けのつもりだった。いや、繋《つな》いでおくつもりだった」

そう言って、ヴィルフリートは右手をかざす。そこには、いつもはめられている黄金の指輪があった。

「これとそれは対《つい》になっている」

「え……？」

怪訝《けげん》に問い返す幹也の目に、指輪の窪《くぼ》みにぴたりと納まったペンダントヘッドが映った。

「公爵《こうしゃく》家に伝わる装飾《そうしょく》品で、戦《いくさ》に出かける際に、再会を祈《いの》って夫婦《ふうふ》がそれぞれ身に着けていたという話だ」

ヴィルフリートが手を離すと、指輪の窪みに【我、再びテクラを抱《いだ》かん】とハイメンダール語で刻まれているのが見えた。

「もっとも今の時代だ。俺のほうは、すぐさまおまえの素性《すじょう》を調べ上げた。ハロウィンパーティーに参加した日本人ということで、簡単だったな。それからずっと、定期的に追跡《ついせき》調査させた。ストーカーも呆《あき》れるくらいにな。……なんだ、その顔は」

すみれ色の瞳が軽く幹也を睨《にら》む。走り出した鼓動《こどう》がひときわ跳《は》ねた。

友だちになった幹也との別れを惜《お》しんで、行方《ゆくえ》まで探してくれていたと聞いただけでも嬉《うれ》しいのに、由緒《ゆいしょ》ある大切なペンダントまでくれていたなんて。

「い、いえ……そこまでするなら、直接連絡《れんらく》してくれればよかったのにと思って……」

会うことはできなくても、互《たが》いの名前や素性を知って、メールや電話でやり取りできていたら、幹也はヴィルフリートに恋をすることもなく、友だちとしてうまくやって行けたかもしれない。

「連絡か。それも考えはしたが……」

らしくもなくヴィルフリートは言葉尻《ことばじり》を濁《にご》して、それからなにかを払《はら》うようにかぶりを振《ふ》った。

「いや、正直に言おう。正体を明かすのを躊躇《ためら》っていた。自分はさっさとおまえのことを調べたのに、勝手な話だと言われればそれまでだが——」

「そんなことはありません。俺だって……手段があるなら調べていました。当のあなたにまで、尋《たず》ねていたし」

「正体を明かす決心はつかない、しかしおまえには会いたい――そんなジレンマも、おまえがハイメンダール語をマスターしていたと知って我慢《がまん》できなくなった。あの出来事を覚えているからだと思ったら、強く心を揺さぶられた。つまりおまえは俺を――あの少女を忘れずに想い続けてくれていたということだろう？」

幹也は答えに詰《つ》まる。もうそのことはいい。今、幹也の心を占めるのは初恋の少女ではなく、目の前にいるヴィルフリートだ。

「だから日本に行くことにした。商談など、たまたまタイミングが合っただけのついでだ。俺の目的は、幹也――おまえに会うことだった」

幹也に通訳の依頼《いらい》が入ったのは偶然《ぐうぜん》ではなく、フジ電工に指示してのことだったという。すべて計画した上での、満を持しての再会だった、と。

「それでおまえに会ったわけだが、しかし事実を告げるのはまだ躊躇っていた。あの少女が俺だと知ったら、おまえががっかりするのは明らかだったからな。そう思ったが――」

抱《だ》き寄せられ、耳元でため息をつかれた。

「成長したおまえを直《じか》に見て、その言葉を聞くうちに、それまで以上にどうしようもなく惹《ひ》かれた。初恋《はつこい》の少女に対するおまえの一途《いちず》な想いに喜びを覚える一方で、自分に嫉妬《しっと》するという厄介《やっかい》な状況《じょうきょう》でもあった。とにかく——なんとも愛《いと》しかった」

とくん、と心臓が跳ねる。愛しいなんて言われると、勘違《かんちが》いしてしまいそうになるが、それは違う。忠実な犬のように可愛《かわい》いとか、そういうことだ、きっと。

「いつ打ち明けようかと考えながらも、男だと知ったらその想《おも》いも消えてしまうかもしれないと、この齢《とし》になって少年のように悩《なや》んだものだ。あるいは少女の俺でなくても、おまえが『好きだ』と言ってくれるのではないかと期待してもいた」

「ヴィル——」

「動くな」

背中を抱く腕《うで》がきつく締《し》まって、幹也は狼狽《うろた》えた。

こんなに密着していたら、心臓の音が伝わってしまう。静めようと努力しているのに、高鳴る一方なのだ。

だって……こんな言い方されたら……。

先ほどからヴィルフリートの発言は、まるで幹也を好きなように聞こえる。こんなふうに抱きしめられてしまったらなおさらだ。幹也はヴィルフリートが好きなのだから、どうしても自分に都合がいい想像をしてしまうではないか。

「……ほんとにだめだって——」

「言え」

「え——？」

頬《ほお》に唇《くちびる》が触《ふ》れた。

「これ以上待てない。ハイメンダール語で俺が好きだと言え。そうしたら、同じ言葉を返す」

頬から痺《しび》れが広がって、唇が震《ふる》えた。

どういうことだろう。ある意味ロマンティックな子ども時代の約束を、十七年のときを経《へ》て完結させることにこだわっているのだろうか。

しかしそれなら、同じ言葉を返すというのは——。

「——好き。ヴィルフリートが好き……」

思考は途中《とちゅう》で放棄《ほうき》され、言葉がこぼれ出ていた。

伝えてはいけないと思っていただけに、一度口にすると想いが溢《あふ》れ出す。幹也はヴィルフリートの背中に両手を回して、肩先《かたさき》に額を押しつけた。

「ああ、俺も好きだ。いや、愛している、幹也……」

返ってきたのは、『好き』よりも情熱を伴《ともな》う意味を持つ、ハイメンダールの言葉だった。恋人同士や夫婦が交《か》わす言葉だと、幹也も知っている。

それをヴィルフリートが発したということは、もうなにも疑いようがなかった。

「……いいんですか？　あなたを好きで、いいんですか？」

「片想いなんて、性に合わない。そっちこそ、少女のなれの果てが男だったなんて文句は、もう聞かないぞ」

　幹也はかぶりを振って顔を上げた。

「言いません。ヴィルフリートがいい」

　背中を這《は》い上がった手が幹也の髪《かみ》を撫《な》でる。ふいに後頭部を摑《つか》まれたかと思うと、唇が重なってきた。

「……っ、……」

　吸いかけた息が逆に吸い尽《つ》くされるようなキスに、眩暈《めまい》を覚える。閉じた瞼越《まぶたご》しにも、陽光を反射して輝《かがや》く銀髪《ぎんぱつ》が感じられた。

　ヴィルフリートだ。幹也を抱きしめているのも、キスをしているのも。愛していると告げてきたのも。

　口中を搔《か》き回し、絡《から》みついてくる舌に息が上がる。でもキスをやめたくなくて、幹也も夢中で応《こた》えた。

　忙《せわ》しなく動く手にスーツの上着を剝《は》ぎ取られ、今度はワイシャツ越しに身体《からだ》をまさぐられて、幹也の下肢《かし》から力が抜《ぬ》けていく。身長差が開いて唇が離《はな》れ、幹也は小さな声を上げた。

「そんな声を出すな。犯《おか》されたいのか」

　そういうヴィルフリートの声は唸《うな》るようで、子どものころにベルリンの動物園で聞いたハイイロオオカミの声を思い出したが、そのときに銀灰色《ぎんかいしょく》の被毛に見惚《みと》れたように、恐《おそ》ろしさよりも貴《とうと》く抗《あらが》いがたい魅力《みりょく》が勝《まさ》った。

「ヴィルフリート……っ……」

本当に幹也などがそばにいていいのだろうか。彼を愛し、愛されていいのだろうか。そんな戸惑《とまど》いを払拭《ふっしょく》してほしい。

それが伝わったのかどうか、ヴィルフリートはもう一度嚙《か》みつくようなキスをすると、幹也を引きずるようにして部屋の奥へ向かった。

過日と同じようにベッドに横たえられ、日差しを避《さ》けるように手をかざすと、その隙間《すきま》からスーツを脱《ぬ》ぎ捨てるヴィルフリートの姿が映った。上着を脱ぎ、ネクタイをむしり取るように解《ほど》き——しかしワイシャツのボタンをふたつ外したところで、幹也と視線が合うと躍《おど》りかかってきた。

ベッドが大きく揺《ゆ》れる。

「どうして気づかなかったんだろう。そう思って見てみれば、面影《おもかげ》があるような気がします。でも、あの子の目は黒かったし……コンタクトだったんですか？」

幹也がヴィルフリートの頰を撫でると、その手を摑まれて指先にくちづけされた。

「ああ。この目の色は目立ちすぎる」

「髪もカツラでしたね。目も髪も色が違って、おまけに性別も変えられていたら——」

「それでも、どうしてわからないんだと苛々《いらいら》したぞ。初恋の相手だと、さんざんのろけたくせに。自分に嫉妬したのなんて初めてだ」

片想いだとばかり思っていたのに、ヴィルフリートもまた焦《じ》れるような気持ちを味わっていたのだと知ると、心が昂《たかぶ》った。すでに自分たちは互《たが》いを想って、それを持て余すような日々を過ごしていたのか。

「……無理を言わないでください」

互いのワイシャツのボタンを外し、脱がせていく。しかしヴィルフリートは上半身裸《はだか》になったが、幹也はシャツの袖《そで》を抜く前に、ヴィルフリートに覆《おお》い被《かぶ》さられた。

「あっ……」

アンダーシャツの胸元《むなもと》がじわりと濡《ぬ》れる。たちまち乳首《ちくび》が疼《うず》いて、きゅうっと硬《かた》くなった。

それを布越しに舌で撫で回され、幹也は喉《のど》を反らす。

「やっ……ぬ、脱ぐから……」

「透《す》けるようなものを着ているほうが悪い。誘《さそ》いに応じたまでだ」

濡れて冷えたような感触《かんしょく》の上から、生温かい息が吹《ふ》きかかって、ますます感じてしまう。

「な……夏用だから薄《うす》いんですっ……あっ……」

「それなら着なければいい。そもそもワイシャツの下に服を着るという発想がわからないな。もとはシャツ自体が下着だ」

「それは……日本の気候とか、やっぱり透けたらおかしいとか……」

ヴィルフリートの舌は反対側に移り、それまで嬲《なぶ》られていたほうは、今度は指で弄《いじ》られた。そっと視線を伸《の》ばして窺《うかが》うと、指先でつまみ上げられた乳首は、薄い布を透かして色づき、尖《とが》っていた。

ヴィルフリートも横目でそれを見やる。

「……たしかに、幹也の場合は必要だな。透けているところを、他《ほか》の奴《やつ》に見せるのも許しがたい」

布越しの愛撫《あいぶ》に幹也が息も絶え絶えになったころ、ようやくヴィルフリートはワイシャツとアンダーシャツを脱がせてくれた。

「先ほどの話の続きだが——」

裸の胸を重ねながら、ヴィルフリートが耳元で囁《ささや》く。鼓膜《こまく》を擽《くすぐ》る声の響《ひび》きに陶然《とうぜん》として、幹也はなんのことだったかと考えた。

「初めはいつ気がつくか、いつ正体を明かそうかと、楽しむような気持ちでいた。打ち明けたら、友だちとしてのつきあいを再開するつもりでいたんだ」

ああ、そうか。そういえば、ゲイバーにも誘われたっけ。あれもヒントのつもりだったのかな……。

「しかし昔よりもずっと長く幹也と過ごすうちに、しっかりとした社会人になっている一方で、変わらない親しみやすさや、相手を楽しませ尽くそうとする姿勢が、ひどく懐《なつ》かしくなった」

耳朶《みみたぶ》を唇で挟《はさ》まれ、揉《も》むように動かされた後、唇がゆっくりと首筋に降りていく。辿《たど》る道を余すところなく吸い上げていくようで、また身体中に派手な模様がついてしまうと思ったが、むしろ全身をヴィルフリートに染められてしまいたい欲望《よくぼう》にも駆《か》られた。

「ずっと俺を探し続けていたのなら、手に入れてしまってなにがいけない？　今の俺のことだって、幹也は憎《にく》からず思っているはずだと……ならば初恋《はつこい》の相手に対するように一途《いちず》な心を向けてくれるに違《ちが》いないと……そう思った」

「ヴィル――ああっ……」

腫《は》れたように赤く膨《ふく》らんでいる乳首を吸いながら、幹也のスラックスの前を開いていたヴィルフリートは、いきなり幹也の股間《こかん》を摑んだ。その感触で、幹也は自分が勃起《ぼっき》していると気づく。

「聞いているか？　俺の一世一代の告白を」

そう言うのなら、落ち着いて聞かせてほしいと思ったが、幹也はこくこくと頷《うなず》いた。

「しかし初恋の君と俺が同一人物だと知ったら、果たしておまえはどう思うのだろうと、柄《がら》にもなく不安になった。あの少女が存在しないことに失望するだろうか、それとも騙《だま》していたと憤《いきどお》るのだろうかと臆《おく》した。それでもおまえに愛されたいという気持ちは、止めようがなかった」

細かな違いはあっても、幹也も同じような気持ちを抱《かか》えていた。叶《かな》う見込みはなくて、でも好きだという気持ちが抑《おさ》えられなくて。

下着ごとボトムを押し下げた手が、幹也のものを握《にぎ》った。先端《せんたん》を指の腹で撫で回されて、腰《こし》が震《ふる》え出す。たまらず押し上げた膝先《ひざ》に、ヴィルフリートの昂りを感じて、幹也の身体と心がさらに熱を帯びた。

軽く息を呑《の》む気配の後、ヴィルフリートはさらに続けた。

「クルーザーでの一件で、おまえの気持ちも傾《かたむ》いていると確信していたところに、突然《とつぜん》の辞任だ。しかも藤原とどうだとか言われて、恨《うら》めしいやら腹立たしいやら――」

「あれは……すみません。あのときは、他に方法が思いつかなくて――あっ、あっ……」

口と手がまるで別人のようだ。冷静に過去を述懐《じゅっかい》しているのに、ヴィルフリートの指は幹也を甘く翻弄《ほんろう》する。絶妙《ぜつみょう》な強さで茎《くき》を締《し》めながらくびれを擽られ、先走りがとろとろと溢《あふ》れてきた。水音が室内に響く。

「そんなことだろうと、わかってはいた。ただおまえがなにかを隠《かく》していること、それを俺には打ち明けてくれないことが悔《くや》しかった。そんな衝動《しょうどう》のまま、おまえを抱《だ》いたことは謝る。しかし腕《うで》の中のおまえからは、やはり俺に対する気持ちが感じられるような気がして……愛《いと》しくてたまらなかった」

「ん、うっ……」

ふいに熱く硬いものが密着してくる。それがヴィルフリートの猛《たけ》りだというのはすぐに知れて、擦《こす》り合わされる感触に幹也は喘《あえ》ぐ。

「その後すぐカミルに問いただすと、口を割らせるまでもなくぺらぺらと白状しただけでなく、藤原の調査も始まっていた。フジ電工から担当としての連絡《れんらく》があった時点で、ひととおりの調べは済んでいたが、プライベートについても念入りに確かめさせた」

藤原が横領した金は、恐ろしいことにほぼ全額が私的に使われていたらしい。私的といっても、仕事で手柄《てがら》を得るための接待や賄賂《わいろ》にも使われていたようだ。あのクルーザーもそうなのだろう。

藤原は創業者一族の中では傍流《ぼうりゅう》で、取締役《とりしまりやく》への道は遠かったが、野心は人一倍強かった。注目されるフォルストカンパニーとの取引も、自ら名乗りを上げたらしい。

しかし密《ひそ》かに藤原と通じて便宜《べんぎ》を図《はか》っていた経理部の女性社員が、膨れ上がる横領額に恐れをなし、事を明るみに出そうとして、藤原は焦《あせ》りを生じていた。

「奴が自滅《じめつ》するのは勝手だが、それに幹也を巻き込んだことが腹立たしい。おまえを翻弄するのは、俺だけの特権だ」

「な、んですか、それっ……あっ……」

最後で思わず笑いそうになったのに、ひとまとめに握られた屹立《きつりつ》から脈動が伝わってきて、幹也は腰を震わせた。

「言ったとおりだ。おまえの笑顔《えがお》も泣き顔も、すべて俺のものだろう？」

「泣きたくはないんですけど」

「啼《な》かせてやる」

一気にボトムを剝《は》ぎ取られ、膝が胸に付くほど押し上げられた。露《あら》わになったそこに、ヴィルフリートが顔を伏《ふ》せる。柔《やわ》らかな銀髪《ぎんぱつ》が下腹を擽り、すぐ後に後孔《こうこう》に舌が捩《ね》じ込まれた。

「やっ、そこ……っ……」

「これ以上前を弄《いじ》ったら、持たないだろう？」

証拠《しょうこ》を示すように屹立を握られ、たしかに果てそうに滾《たぎ》っているのを思い知らされた。指の縛《いまし》めさえ、幹也の官能を刺激《しげき》する。

「知っているか、幹也――」

湿《しめ》らせ解《ほど》いた場所に指を押し入れながら、ヴィルフリートはその隙間《すきま》を舌で撫《な》でていく。

「おまえのここが、どんなに俺を狂《くる》おしく締めつけてくるか……」

「……しっ……知らないっ……あっ、ああっ……」

ぐうっと捩じ込まれてきた圧迫感《あっぱくかん》に息を詰《つ》まらせながらも、その奥でざわめく内壁《ないへき》を感じて、幹也はかぶりを振《ふ》った。

「嘘《うそ》をつくな。張りつくように締めつけてきて、その上小刻みに震えて……ああ、そうだった。ここを突《つ》いてやると、中がうねる。そら――」

「ああぁっ……」

鋭《するど》い刺激がペニスにまで伝わって、ヴィルフリートに握られたまま絶頂を迎《むか》えた気がした。

ヴィルフリートの指を食《は》んだ肉がびくびくと震え、それに合わせて腰が揺《ゆ》れる。しかし依然《いぜん》として縛められたままのペニスからは射精しておらず、幹也は喘ぎながら目を見開く。

「……やだ……やだっ……なんか変……」

おまけに先ほどまでよりも切羽詰《せっぱつ》まった快楽に追い込まれていて、今にもまた上りつめてしまいそうな予感がする。

「ああ……いいな。指で味わっているのが惜《お》しくなる」

「ならっ……抜《ぬ》いて……あっ、ああっ……」

「そうはいくか」

逆に指を増やされ、感度の増した肉筒《にくつつ》を引きつらせながらも、幹也の口からは悦《よろこ》びの声が洩《も》れる。

「……こんなんじゃなかった、のにっ……んっ……」

幹也の中を玩弄《がんろう》しながら体勢を変えて覆《おお》い被《かぶ》さってきたヴィルフリートを、抱《だ》き寄せながらも背中に爪《つめ》を立てた。

同性相手にセックスどころかキスすらしたことがなかったのに、一度寝《ね》ただけでこんなにも自分の身体《からだ》が変わってしまったことに戸惑《とまど》う。

この前は一度きりのことだと思っていたし、それならせめて思い出を残しておきたいと思ったし、あれこれ追いつめられていてふつうの精神状態ではなかったから、自分がどんな反応をしようとその場限りのことだと考えていた。

しかし晴れてヴィルフリートと相思相愛になったからには、これからは行為《こうい》も日常に組み込まれるのだろう。電光石火の早さでベッドに連れ込まれたくらいだから、日課になっても不思議ではない。

「痛いな、幹也。俺がなにか悪いことをしているか？」

含《ふく》み笑い混じりに耳元で囁《ささや》かれる。余裕《よゆう》が感じられて悔しい。

「俺のこと、変えたじゃないですかっ……ん、あっ……こんなの、知らなかった……」

率直《そっちょく》に気持ちよすぎると伝えるのは憚《はばか》られて、不明瞭《ふめいりょう》な言い方になったが、ヴィルフリートは理解したらしい。

「感じるようにしているのだから、当たり前だ。無反応だったらがっかりだな」

「だって……」

「なにが気に入らないんだ？　ん？」

煽《あお》るように耳殻《じかく》に吐息《といき》を吹《ふ》き込まれて、幹也は肩《かた》を竦《すく》めた。連動したように肉筒まで締まって、内壁を押し返す指の動きに、また声を上げることになる。

「……淫乱《いんらん》になりそう……」

回を重ねるごとにヴィルフリートとの営みにはまって、どうしようもなく淫《みだ》らな身体になってしまいそうだ。そんな幹也を、ヴィルフリートはどう思うだろう。呆《あき》れられたり嫌《きら》われたりしないだろうか。

片想《かたおも》いだと思っていても、ヴィルフリートとの別れがつらくてしかたなかった。今度そんなことがあったら、きっと耐《た》えられない。

「願ってもないことだ」

「本気にしてないでしょう、俺は——あうっ、ん……」

「俺に対してだけだろう？　それとも他《ほか》の相手にも身体を開くつもりか？」

ヴィルフリート以外と？　冗談《じょうだん》じゃない。

幹也はすかさずかぶりを振った。

指が引き抜かれて、幹也を抱きしめたヴィルフリートが胸元《むなもと》に唇《くちびる》を寄せる。興奮に尖《とが》ったままの乳首《ちくび》を、舌で撫で回しては吸い上げる。

「俺を愛しているから、身体も応《こた》える——当たり前のことだ。それでどんなに乱れようと、朝夕求められようと、俺には嬉《うれ》しいばかりだがな」

脚《あし》の間に腰を進めてきたヴィルフリートは、幹也をベッドから抱き上げるように引き寄せた。柔らかく解けて、喘ぐように息づく場所に、怒張《どちょう》が押し当てられる。

「……んっ、あ……ああ、ヴィルフリート……っ……」

押し開かれていく感覚に肌《はだ》が粟立《あわだ》つ。半ば上から腰を落とすようにされたせいで、ずぶずぶと呑《の》み込まされていく。ヴィルフリートの熱が内側から広がっていく感覚に、自分たちが繋《つな》がっているのを思い知った。

串刺《くしざ》しにされているようだ。しかしその名称《めいしょう》から想像する拷問《ごうもん》とは違《ちが》って、なんと甘美なことか。

それでも全身から力が奪《うば》われ、ヴィルフリートの腕《うで》がなければ背後に倒《たお》れてしまうだろう。

ヴィルフリートは急速に動くことはせず、幹也が馴染《なじ》むのを待ってくれていた。仰《の》け反った胸に舌を這《は》わせて、煽りはしていたが。

規則正しい脈動が、幹也の下肢《かし》を中心として体内に響《ひび》き渡《わた》っている。それもまた幹也を誘《さそ》い、次第《しだい》に疼《うず》きと焦れったさが込み上げてきた。

たまらず幹也は、促《うなが》すように腰《こし》を揺らす。しかしヴィルフリートはそ知らぬ顔で、熱心に乳首を啄《ついば》んでいた。

「……っも、いい……から……」

「なにが？」

惚《とぼ》けた台詞《せりふ》を発して顔を上げたヴィルフリートを、幹也は睨《にら》んだ。ヴィルフリートは首を振って、幹也の瞼《まぶた》にくちづける。

「睨んでも無駄《むだ》だ。はっきり言ってごらん。どうしてほしい？　おまえの望む十倍は働いてみせるぞ」

「……わかってるくせに」

めそうになる。しかし――。

「ここか？」

屹立《きつりつ》を握《にぎ》られ、扱《しご》かれる。先走りにまみれたそれを手の筒で上下されると、たちまち上りつめそうになる。しかし――。


……違う……。

今、幹也が欲《ほっ》しているのはそれではなかった。ヴィルフリートと繋がった部分で感じたい。

「う……、動いて……っ……」

躊躇《ためら》いと恥《は》じらいを振り払《はら》ってひと言が口から転がり出ると、あとはもう怒濤《どとう》のように欲《よっ》求《きゅう》が押し寄せてきた。

「ヴィルフリートがいい……俺をいかせてっ……」

ヴィルフリートの首に手をかけてその胸に飛び込み、向き合って腰を跨《また》ぐ体勢になった。それだけでは足りず、自ら腰を揺らす。内壁と怒張が擦《こす》れ合う感触《かんしょく》がたまらない。

「もっと……っ、動いて……突いてっ」

次の瞬間《しゅんかん》、真下から突き上げられて、幹也はヴィルフリートの頭を掻《か》き抱《いだ》いた。柔らかな銀髪が汗《あせ》に濡《ぬ》れた頬《ほお》にまとわりつくのにまで、官能を刺激される。

ああ、そうだ。自分はきっとこんなふうに、誰《だれ》に遠慮《えんりょ》することもなくヴィルフリートを求めたかったのだ、ずっと。決して叶《かな》わない望みだと抑《おさ》えつけていたけれど、もう我慢《がまん》する必要はないのだと思ったら、ヴィルフリートに対する愛《いと》しさと喜びが溢《あふ》れる。

「やっと言ったな。俺を欲しがるおまえに、ぞくぞくする……」

そう言うヴィルフリートの興奮が表れたかのように、幹也の中は熱い杭《くい》で捏《こ》ねられ、掻き回された。それだけでも強烈《きょうれつ》な刺激《しげき》に襲《おそ》われているのに、幹也の身体は貪欲《どんよく》に動いて、もっと悦びを貪《むさぼ》ろうとした。

「あ、ああっ……」

勢い余って、ヴィルフリートに体当たりするほど前のめりになる。幹也がどんなに暴れようとしっかりと受け止めてくれていたヴィルフリートが、そのときだけは押されるままに背後に倒れていった。

「ヴィルっ……」

思わず伸《の》ばした手が押し返され、幹也は仰向《あおむ》けになったヴィルフリートを跨ぐ格好になっていた。

「……ん、うっ……」

中を穿《うが》つものの角度が大きく変わり、弱いところを直撃《ちょくげき》される。さらに下から突《つ》き上げられて、幹也は嬌声《きょうせい》を上げながら上体を揺らした。

全身に振動《しんどう》が伝わって、びりびりと痺《しび》れるようだ。ことに動きに合わせて揺れるペニスが、せつなく疼く。

「や、あっ……ヴィル……っ……」

不安定なことこの上なく、支えがない状態はヴィルフリートから送り込まれる衝撃《しょうげき》を逃《のが》しようもない。抽挿《ちゅうそう》ごとに、快感が体内に蓄積《ちくせき》されていく。

なにより、身悶《みもだ》える姿がヴィルフリートの目に余すところなく映っていると思うと、恥ずかしいやら興奮するやら。

幹也はヴィルフリートの上に倒れ込もうとしたが、乳首を狙《ねら》われて身を捩《よじ》りながら背を反らす。

「あ、ああっ、そこっ……」

感じる場所を嫌《いや》というほど擦られ、あまりにも強い悦楽《えつらく》に逃《に》げを打ったつもりが、幹也の腰は勝手に動いた。ヴィルフリートの律動に合わせるように、あるいはタイミングをずらして、より強烈な刺激が生じるように。

「……いやらしいな、幹也」

しゃくり上げるように腰を揺《ゆ》らす動きは、ペニスで空気を掻き回して自慰《じい》をしているように見えるだろう。ヴィルフリートの言葉にはっとするが、幹也は淫猥《いんわい》に身体《からだ》をくねらせ続けた。

「だって……止まらな――んっ、あっ……」

「いやらしくて、魅力《みりょく》的だ。たまらなくそそる――」

「ああっ……」

脳天まで響くような突き上げに、幹也は仰け反った。怒張で擦られる肉壁《にくへき》が、痙攣《けいれん》するように蠢《うごめ》く。奥から熱い奔流《ほんりゅう》が押し寄せてくるような感覚に、幹也は身を任せた。

ヴィルフリートを食い締《し》めて、脳裏《のうり》に思い描《えが》けるほどその形を味わう。同時に押し出されるように射精が始まり、前後の快感に幹也は喘《あえ》いだ。

なおも二、三度ヴィルフリートに揺さぶられ、最後の一撃《いちげき》で体内に熱を放出されたのを、おぼろげに感じた。

ふうっと背後に倒れそうになった幹也を、ヴィルフリートは強い腹筋で身を起こして追いかける。ヴィルフリートが放ったものでぬかるむ肉筒《にくつつ》を、依然《いぜん》として力強い屹立が掻き回し、幹也は続けざまの悦《よろこ》びに襲われた。

ベッドに倒れ込む前にヴィルフリートの腕に包まれ、衝撃は吸収されたが、改めて正常位で律動が刻まれる。ぐちゃぐちゃと恥ずかしい音が下肢から響いて、幹也は厚い胸板《むないた》を押し返そうとした。

「やだ、もう……」

「初夜をこれで終わらせるものか」

「まだ明るいじゃないですか！」

「ああそうだ。まだまだ先は長いな」

少しオレンジ色を帯びた日差しに目を射られ、幹也はヴィルフリートの首筋に顔を伏《ふ》せた。

絶対にいたずらはしないという条件で、幹也はヴィルフリートとルーフバルコニーのジェットバスに入っている。

バスタブの縁《ふち》にはスプマンテのグラスが置かれているという贅沢《ぜいたく》ぶりだ。幹也が生まれたころには弾《はじ》けたというバブル期には、こんな日常を過ごす人々も多かったのだろうか。限られた特権階級ならまだしも、幹也程度の庶民《しょみん》には肌《はだ》に合わなくて、嬉《うれ》しがったり得意がったりするよりも、むしろ居心地《いごこち》が悪い。

ヴィルフリートは似合いすぎてるけど……。

夜空の下でバスタブに背中を預けてグラスを傾《かたむ》けるなんて、ふつうは滑稽《こっけい》でしかないはずなのに絵になっている。

やっぱり世界が違うんだなあ……。

今さらのことながら痛感した。

身分違いなのはわかりきったことで、さらに同性というハンデもある。それでもヴィルフリートがいいと、決めた上でこうしているわけだが――。

「なにを考えてる？」

グラスを置いたヴィルフリートが、湯を掻き分けて近づいてきた。

「ストップ。約束でしょう」

幹也は室内の風呂《ふろ》がいいと言ったのだ。それを強引《ごういん》に外へ引っ張ってきたのはヴィルフリートなのだから、約束は守ってもらう。

万が一にも、パパラッチに狙われていたりしたらどうする。もう盗撮《とうさつ》は懲《こ》り懲《ご》りだ。

「気にすることなどないのに」

「気にします。俺は奥ゆかしい日本人だから」

「うん、そこがいい。さっきのように、それが解き放たれたときも」

臆面《おくめん》もなく言い放ったヴィルフリートの胸を、拳《こぶし》で小突《こづ》く。

「でも、本当に気をつけたほうがいいと思います。男同士なんてけっきょくネタにされるし。俺もできるだけ目立たないようにするつもりですけど」

離《はな》れられない以上は、極力ヴィルフリートの迷惑《めいわく》にはならない。それが、幹也が自分で決めた方針だった。

「なにを言う。俺は隠《かく》すつもりはないぞ」

しれっと返されて、幹也は目を剝《む》いた。

「はあっ？　そっちこそなにを言ってるんですか」

「当然だろう。なにも悪いことはしていない。日本でも成人した男同士が好き合おうと、法律には触《ふ》れないだろう？　ハイメンダールも同じだ」

ありませんか」

「立場ってものがあるでしょう。ヴィルフリートは公爵《こうしゃく》で、おまけに国際的な会社のボスじゃ
「先代公爵も男の伴侶《はんりょ》がいたぞ。まあ、婚姻《こんいん》は認められていないから私的な関係だったが」

幹也は驚《おどろ》いて口を開いた。

先代公爵……？　ってことはつまり、ヴィルフリートのお父さん……？

「……え？　え？　なんで……？　だって、ヴィルフリートが生まれて……」

「俺は養子だ。先代は独身だったからな」

では、ヴィルフリートの出自はどうなっているのだろう。なぜ養子に入ったのだろう。訊《き》きたいが立ち入りすぎかと躊躇《ためら》っていると、ヴィルフリートが口端《こうたん》を上げた。

「俺は先代国王が外で作った子どもだ」

「えっ……」

ということは……今の王さまの弟⁉　腹違《はらちが》いの？

絶句する幹也の頭を、ヴィルフリートの手がぽんぽんと叩《たた》いた。

「そう珍《めずら》しいことでもない。しかし、厄介《やっかい》な存在なのは事実だな。こちらにはなんの含《ふく》みもないのに、無駄《むだ》に敵が出てくる。王位を狙っているんだろうとか、その前に遠ざけてしまえとか、逆に祭り上げて利用しようとか」

現代でこそ世界各国のやんごとなき方々も一夫一婦制が主流になったが、少し前までは側室

やら愛人やらの子どもも多かった。それで争いが起きることも少なくなかった。

しかしやはり現代人の、それも庶民の幹也には、現実味のない話だ。そのせいで、半ば軟禁《なんきん》状態だっ
「子どものころは、命を狙われたことも一度や二度ではない。そのせいで、半ば軟禁《なんきん》状態だったな。身を守るためとはいえ、苦痛だった」

想像もつかなかったヴィルフリートの過去に、そんな子ども時代を過ごしていたのかと、幹也は言葉もかけられなかった。

少女の姿をしたヴィルフリートが、学校へ行っていないと言ったのを思い出す。幹也が友だちになると言ったら、花開くような笑顔《えがお》を見せたことも。

突然《とつぜん》コペンハーゲンを発《た》ったのも、物騒《ぶっそう》な事情だったのかもしれない。

「だから、あのハロウィンパーティーは楽しかった。正体を隠すために女装させられはしたが……まあ、それで幹也に見初《みそ》められたわけだしな」

隙《すき》あり、とヴィルフリートが頰《ほお》にキスをしてきたが、幹也は拒《こば》まなかった。

孤独《こどく》な子ども時代を過ごした分、幹也は決してヴィルフリートのそばを離れるまいと、そう思った。過去を変えることはできないけれど、これからのヴィルフリートに寂《さび》しい思いはさせない。

あれからしばらくして、ヴィルフリートは正式に先代公爵の養子になったのだという。五指に含まれていた王位継承《けいしょう》権は、たちまち二十数位下がり、現実的に国王になる可能性は消えた。

「ああ、ゲンジモノガタリにもあっただろう、臣籍降下《しんせきこうか》。光源氏《ひかるげんじ》はずいぶんと浮《う》き名を流していたようだな。それと比べれば、相手が男だろうと一途《いちず》に思い続ける俺は、ずっとましではないか。褒《ほ》められてもいい」

「……時代が違います。そもそもあれはフィクションですから」

まだ動揺《どうよう》覚めやらぬまま幹也は言い返す。公爵という身分にも恐《おそ》れをなしていたのに、直系王族だったなんて聞かされたら、どうしたらいいのか。ヴィルフリート自身のことは迷いなく愛していると言えるけれど、現実の身分差は歴然としてある。

「問題なのは――」

ヴィルフリートは幹也の肩《かた》を抱《だ》き寄せた。

「おまえが俺自身をどう思っているかということだ。愛してくれているんだろう？」

すみれ色の瞳《ひとみ》が水面《みなも》に映った灯《あか》りを反射して、きらきらと輝《かがや》く。

「それはもちろん……そうですけど」

改めて顧《かえり》みると、ヴィルフリートの出自を知って驚き、困惑《こんわく》はしているが、考えるのはどうしていけばいいのかということで、だから身を引こうとは思っていない自分に気づく。離れられないし、ましてや嫌《きら》いになんてなれない。だからここまで来てしまって、今があるのだ。

ヴィルフリートは幹也の首に下がったペンダントヘッドを掬《すく》い上げ、そこにくちづけた。

「ならば俺はおまえを愛し続け、ともに生きていくと誓《ちか》う。一生だ」

躊躇いが霧散《むさん》していくのを感じた。もちろんいくらヴィルフリートでも簡単にはいかないこともあるだろうし、予期せぬトラブルも生じるかもしれない。しかし一緒《いっしょ》なら乗り越《こ》えていけるだろう。

「返事は？」

ヴィルフリートの問いに、幹也は頷《うなず》いた。

「誓います。あなたが好きです……」

幹也は自らヴィルフリートの肩に両腕《りょううで》を巻きつけ、その唇《くちびる》にキスをした。

翌週、フォルストカンパニーとフジ電工は契約《けいやく》を前提とした商談をまとめた。幹也は立ち会わず、後任の通訳に任せての話し合いだったので、後からカミルに状況《じょうきょう》を聞いたところによると、藤原は出席していなかったそうだ。

「担当を外したと言っていたが、実際のところは子会社の窓際《まどぎわ》部署に出向らしい。一族社員の不祥事《ふしょうじ》だから、影響《えいきょう》を考えて内々の処分のようだね」

「そうですか……」

公《おおやけ》にならないのは腹立たしいような気もするが、芋《いも》づる式に自分たちのことが話題になるのも望ましくない。藤原のような社員がいる企業《きぎょう》と関《かか》わってだいじょうぶなのだろうかと気にもなるが、それも部外者の幹也が口を出すことではない。

微妙《びみょう》な顔をしていたせいで内心を読み取られたのだろうか、カミルが苦笑《くしょう》した。

「突《つ》きどころがないクリーンな会社なんて、そうそうないものだよ。大企業になればなおさらだ。フジ電工はましなほうだね。それに弱みを握《にぎ》った分、ずいぶんと旨味《うまみ》のある契約になりそうだ。その辺り、わが社のボスは容赦《ようしゃ》がないからね」

「ああ、『バルト海の金剛王《こんごうおう》』ですもんね……」

後任の通訳が仕事を終えて、オフィスの岸に報告かたがた語ったところによると、それはまあ非情なほどの要求をしたらしい。さすがにこれはどうなのかと思いながら通訳すると、案の定フジ電工側から泣きが入ったそうだが、ヴィルフリートの返しは容赦がなかったという。

結果として、ほぼフォルストカンパニー側の希望どおりの条件でまとまり、後任通訳はヴィルフリートに恐れをなしながらも感服していたということだ。

「それより、幹也のほうはどう？　進んでる？」

「ああ、はい。役所関係の手続きはしてきました」

「頼《たよ》りにしてるよ。海外の企業とのやり取りは、とかくハイメンダール語がネックでね。本人も他《ほか》の言語が話せるのに、どうしてわざわざハイメンダール語を喋《しゃべ》ってそれを通訳させるんだか」

「伝統を重んじるからでしょう。おかげで俺も仕事に就《つ》けるわけだし」

　幹也はフォルストカンパニーで、ヴィルフリート専属の通訳を務めることに決まった。就労ビザや渡航《とこう》条件が整うのを待っている。

「ビジネスにおいては無駄な手間だよ。そもそもヴィルフリートがなんにでもしゃしゃり出てくるのが無駄という話だね。企業の長なんて、オフィスでふんぞり返っていればいいものを。自分が社長に就任したときに、アメリカ式にCEOなんて役職に変更《へんこう》したのは、直接動きたいって魂胆《こんたん》があったからだな。おかげで秘書役の俺も奴《やつ》について回るのを余儀《よぎ》なくされて、娘《むすめ》が生まれるときに立ち会えなかった。未《いま》だに妻に文句を言われる」

「ええっ、お子さんがいらっしゃるんですか!?　ていうか、結婚《けっこん》してたんですか！」

　驚く幹也に、カミルはいそいそと携帯《けいたい》を取り出し、画像を見せる。

「これが娘のヴェローニカと妻のグレーテ。これは生まれたとき。こっちは先日の誕生日のときで――」

　目まぐるしく移り変わる画像の情報を、幹也は必死に脳まで送り込んだ。赤毛の美人とカミルに似た目鼻立ちの女児だ。

「可愛《かわい》いですね。奥さんもきれいだ」

「そうだろう!?　ヴィルフリートにも写真が増えるたびに見せて自慢《じまん》するんだが、いつも悔《くや》しそうにしていたのが、最近は写真を見せ返すんだよ」

「え？」

……誰《だれ》の？

思わず頬の辺りが硬直《こうちょく》した幹也を見て、カミルがにやりとした。

「キュートな東洋の青年をね。最近のご自慢は、クルーザー上の熱烈《ねつれつ》なキスシーンだ」

「なっ……」

つまりあの隠《かく》し撮《ど》りのことか。あれはすぐさま元データごと藤原から取り上げたと聞いていたが、それを惚気《のろけ》のネタにしているというのが信じられない。

「恋人《こいびと》時代の情熱が懐《なつ》かしくなるよねー」

なにを思い出しているのか、うんうんと頷くカミルに、幹也が口をぱくぱくさせていると、ヴィルフリートがリビングに顔を出した。

「幹也、帰っていたのか。それなら書斎《しょさい》に声をかけて——」

「ヴィルフリート！」

幹也はヴィルフリートに駆《か》け寄って、身体《からだ》を触《さわ》りまくって携帯を探す。それを抱擁《ほうよう》とでも思ってか、ヴィルフリートは幹也を抱きしめた。

「なんだなんだ、もしかして俺にもっと熱烈なシーンを撮ってほしいのか？」

茶化《ちゃか》すカミルに、幹也はヴィルフリートの顔を押し返しながら首を捻《ひね》って吠《ほ》える。

「違います！　ヴィルフリート、携帯は？　写真消してください！」

あんな騒《さわ》ぎの元になった画像を、手元に置いておく神経がわからない。これが国民性の違いというやつか。

ヴィルフリートは意味を理解したらしく、宥《なだ》めるように両手で幹也の肩を叩《たた》いた。

「落ち着け。たしかに撮影《さつえい》や入手経路に問題はあるかもしれないが、写真自体に罪はない。というよりも、素晴《すば》らしい写真だと思わないか？」

「思いません！　隠し撮りですよ！」

「そこだ！」

ヴィルフリートは幹也の眼前で指を鳴らした。

「カメラのレンズを意識していないからこそ、誰にも憚《はばか》ることのない、互《たが》いだけしか見ていない、生の感情と姿が写っている。それがまた絵になっている。まあそれは俺のこの文句のつけようのない容姿と、愛らしい幹也だからこそ観賞に堪《た》えるわけだ」

過剰《かじょう》なまでの持ち上げ方に、幹也は次第《しだい》に冷静になり、ばからしくなってきた。

「……つまり、どうにもお気に入りの写真だから、手放したくないし見せびらかしたい――と言うんですね？」

「そういうことだ」

ヴィルフリートは大仰《おおぎょう》に頷く。もう言っても無駄《むだ》だ。

「俺にはわからないけど、好きにしてください。けど、誰彼かまわず見せびらかすのは禁止です」

「では、見せびらかせる写真をどんどん撮って、思い出のアルバムを増やしていこう」

なんだか陳腐《ちんぷ》な言い回しだなと思ったが、気にするべきはそこではなかったと幹也が知るのは、もう少し先のことだった。


幹也の準備が整うにはしばらく時間がかかるため、当然ヴィルフリートは先に帰国するとばかり思っていたのだが、

「なにを言う。おまえが日本を発《た》つまで一緒にいる」

と、カミルらを帰国させた後も、自分は日本にとどまった。

公爵《こうしゃく》としてはともかく、企業のボスとして長期不在はどうかと思ったのだが、カミルは諸手《もろて》を挙げて賛成した。

「ぜひそうしてくれ。少しは社員にも責任ある仕事を任せたい。俺も国に落ち着けるし」

「CEOに就任して以来、まともに休暇《きゅうか》もとっていなかったしな。ここでゆっくりバカンスを過ごすことにする。いや、ハネムーンかな？」

「な、なに言って……ていうか、俺はそうそうつきあえませんよ。手続きとか引っ越しの片づけとか、挨拶《あいさつ》回りとかあるし」

「気にするな。俺が幹也につきあう」

その言葉どおり、ヴィルフリートは忠犬よろしく幹也について回った。

役所関係は私的な用事に分類されるし、ヴィルフリートのことは座らせて待たせておけばいいのだが、退職の挨拶回りにまでついてこられたのには閉口した。幹也の仕事先には官公庁の職員も少なくなく、ヴィルフリートをハイメンダールの公爵と知る者もいる。

あわや国賓《こくひん》クラスのVIPが一介《いっかい》の通訳を伴《ともな》って――いや、逆に伴われてやってきて慌《あわ》てたところに、今後はお抱《かか》えの通訳として勤めると聞かされれば、どういう経緯《けいい》なのかと興味津々《しんしん》の顔つきになる。

ことに外務省関連の部署や団体だと、職員でもない幹也が「くれぐれも失礼のないように」と注意を受けた。その上、なんだか上層部の人間に連絡《れんらく》先まで訊《き》かれ、なにかのときにはコンタクトをとるからと言われてしまう。

「いや、あくまで我が社の社員としての雇用《こよう》であり、ハイメンダール王室とは無関係だ。そういった用件は該当《がいとう》部署にお願いする」

ヴィルフリートが少し不機嫌《ふきげん》そうな態度を見せて口を挟《はさ》んだので、相手は慌てて引き下がっていった。

幹也は知らなかったが、後日カミル経由で日本側から接待の打診《だしん》があったらしい。来日は一企業人《きぎょうじん》としてのものであり、その仕事も済んだ今はオフなので無用と断ったそうだが。

オフィスへ退職の挨拶に出向いたときも、当然のようについてきたヴィルフリートに、フロアは騒然《そうぜん》となった。こういうときに限って、スタッフも多かった。いや、幹也に別れを告げようと、時間を調整してくれたのだろうけれど。

まずは受付係がヴィルフリートのイケメンぶりに舞《ま》い上がり、ふだんは片手で示して終了《しゅうりょう》の案内に、自ら先導を買って出た。しかし慣れないことはするものではない。受付デスクで隠れるのを幸いと、社内ではハイヒールをぺたんこサンダルに履《は》き替《か》えているのが露呈《ろてい》する。さらにそれで躓《つまず》いてすっ転び、ミニスカートから下着を披露《ひろう》する結果となった。

通路際《ぎわ》にはそれぞれの部屋からいくつもの頭が覗《のぞ》いて、そこを通っていくのはなんとも気恥《きは》ずかしかったが、むしろ彼らの視線は幹也を素通《すどお》りしてヴィルフリートに集中していた。

たまに近づいてプレゼントを手渡《てわた》してくれるスタッフもいたが、横からヴィルフリートが割り込んで関心を示そうものなら、そちらに意識を奪《うば》われてしまう。

俺の送別なんだけど？

自分の恋人が注目されるのは悪い気はしないが、それも時と場合による。

岸マネージャーの部屋へ行くと、丸めた書類をゴルフクラブに見立てて素振《すぶ》りをしていた岸は、幹也を見とめて手を上げた。

「よう、待ってたぞ」

しかしその背後にヴィルフリートがいると気づくや、慌てふためいたように書類を放《ほう》り出した。

「ややっ、これは公爵！　お目にかかれて光栄――あれっ、ドイツ語じゃだめか？」

「いいえ、初めまして、ヘル・岸。このたびはいろいろとわがままを聞いていただいて感謝しています。後任の通訳だった村木《むらき》氏にも改めてお礼を申し上げようとおじゃましたのですが」

ヴィルフリートは極《きわ》めて愛想《あいそ》よく、ドイツ語で返す。

「ああ、そうですか。それはご丁寧《ていねい》に。しかし残念ながら、村木は私が個人的に依頼《いらい》した通訳なので、ここにはいないんですよ」

知ってますよ、それは。村木さんのことは口実です。

幹也はそう胸の中で返して、岸に向き直った。

「岸さん、お世話になりました。これまでやって来られたのは、岸さんのご指導のおかげです。感謝してます」

「なんだよ、改まって」

岸は幹也を見てへらっと笑ったが、やがてその顔が眉《まゆ》を寄せていく。

「よかったな、念願叶《かな》って。しかもハイメンダールを代表する企業に勤めるなんて、大成功じゃないか。俺も鼻が高い――高原……！」

いきなり岸は感極まったかのように、幹也を抱《だ》きしめた。

「さ、寂《さび》しくなるなあ。これからは飲みに行くこともないんだな。俺の珠玉《しゅぎょく》の字幕を、事前に見せて感動させてやることもできん」

幹也の背中から岸の腕《うで》を引き剥《は》がしたヴィルフリートが、頬《ほお》を引きつらせるようにして口端《こうたん》を上げている。

「ヘル・岸、いつでもハイメンダールへお越《こ》しいただきたい。大切な幹也の元上司ですから、歓迎《かんげい》しますよ」

「あ、ありがとうございます、公爵。いやあ、高原も幸せ者だ。公爵のようなボスのいる会社にスカウトされて」

幸か不幸かその手のことには鈍《にぶ》い岸は、単純に感激して喜んでいるが、幹也は冷や汗《あせ》ものだった。たしかに幹也と岸は日本語で会話していたが、嫉妬《しっと》するような内容ではないことぐらいわかりそうなものだ。

「別れを惜《お》しんだだけでしょう」

ハイメンダール語で囁《ささや》くが、ヴィルフリートはぼそりと返してきた。

「抱きしめるのはよけいだ」

そんなことを言っていたら、満足に通訳の仕事などできなくなる。世界にはキスだのハグだのが公式の挨拶になっている国だってあるのだ。

小一時間ほど岸と話していた間も、ヴィルフリートは幹也に寄り添《そ》うように隣《となり》に座ったままで、最後に岸が握手《あくしゅ》を求めてきたときにさえ、すぐに幹也の手を引き戻《もど》すと、自分が取って代わって岸の手を握《にぎ》った。

なんか……あからさまになってきたなあ。

というか、ヴィルフリートはこんなに焼きもちを焼いたり、独占欲《どくせんよく》が強かったりするタイプだったのかと、今さら知った。それも、見当違《ちが》いな嫉妬だ。

「ただの仕事仲間じゃないですか」

オフィスを出てからそう言ったが、ヴィルフリートは首を振《ふ》った。

「おまえのパートナーは公私ともに俺だ。俺以上になるなんて論外だし、俺のポジションに近づくだけでも阻止《そし》する」

「堂々と言うことじゃありませんよ……」

呆《あき》れながらもちょっと嬉《うれ》しいと思ってしまうあたり、幹也もそうとう浮《うわ》ついている。

これはやっぱり蜜月《みつげつ》ってことかな。

END

ダイヤモンド王の甘い策略　おまけ

渡航《とこう》に際してのもろもろの手続きや挨拶《あいさつ》回りを終えてからは、まさに本物のハネムーンとなった。ふたりで京都へ旅行したのだ。

秋の観光シーズンにはまだ早く、蒸《む》し暑くはあったが、比較的《ひかくてき》観光客も少なめで、ヴィルフリートが望んだ神社仏閣巡《めぐ》りを堪能《たんのう》した。

ひと声発すれば、要予約の文化財も見学可能だっただろうが、一外国人観光客としてふつうに京都を散策し、幹也もまた観光案内ではない時間を楽しんだ。

「……でも、こんなところでよかったんですか？」

ヴィルフリートが選んだ宿は、レンタルの町屋だった。

清水五条《きよみずごじょう》駅近く、路地の奥にある建物は、水回りなどはリフォーム済みだが、軽く百年を超《こ》える柱や壁板《かべいた》の色合いが風情《ふぜい》ある佇《たたず》まいだ。突《つ》き当たりの縁側《えんがわ》テラスからは鴨川《かもがわ》が見渡《みわた》せて、日が沈《しず》むと心地《ここち》いい風が通った。

祇園《ぎおん》の小料理屋で飲みながら軽く食事をした後、ふらふらと散歩しながら戻ってきたのだが、風呂《ふろ》を使ってひと息ついた今は、すでに消化してしまったような気がする。しかしホテルと違《ちが》って、ルームサービスもない。

そもそも家一軒《いっけん》といえ、ヴィルフリートが滞在《たいざい》していた日比谷のホテルのスイートルームより、延べ床《ゆか》面積は狭《せま》いのだ。一階に風呂場と台所、和室とリビング、二階に寝室《しんしつ》と和室があるが、どれも小ぢんまりとしている。

「充分《じゅうぶん》じゃないか。いかにも古都に来ている感じがする。木でできた家もいいものだな。布団《ふとん》もいい」

寝室にはベッドが据《す》え付けられていたが、ヴィルフリートのリクエストで和室に布団を敷《し》いた。ヴィルフリートはそこに寝《ね》そべって、風呂上がりのビールを飲んでいる。

「お腹空《なかす》きませんか？　まあ、空いたと言われても困るんですが。コンビニなら近くにあったかな？」

しかしコンビニで調達できるようなものを、ヴィルフリートに食べさせるのも気が引けるし、口に合うかどうかもわからない。

「出前とか調べてみましょうか？」

いざとなったら自分が出向いてテイクアウトしてもいいと考え、幹也は携帯《けいたい》で検索《けんさく》を始めたが、それを見てヴィルフリートは含《ふく》み笑った。

「気をつかうな。どうしても腹が減ったら、外に出ればいいだろう。夜中でもまったく食べ物にありつけないなんてことはないはずだ」

「それはそうですけど……」

ヴィルフリートは缶《かん》ビールを手に、窓辺の椅子《いす》に座っていた幹也のそばへ近づいてきた。椅子の後ろから覆《おお》い被《かぶ》さるようにして、幹也の肩《かた》に腕を回してくる。

「まあ、ある意味空腹ではある。そろそろ幹也が食べたいな」

とびきり甘い声音《こわね》で囁かれたが、今どき映画でも耳にしないような台詞《せりふ》に、うっとりするよりも気恥《きは》ずかしさが勝《まさ》った。

「……よくそういう台詞が言えますね」

「本心だからな。悪いことではないだろう？」

喉元《のどもと》を撫《な》で上げる手に仰《の》け反らされ、唇《くちびる》を啄《ついば》まれた。これもヴィルフリートのたっての頼《たの》みで着た浴衣《ゆかた》の合わせに、指が滑《すべ》り込んでくる。

「ちょ、待って！　明日の準備とか……あ、ほら、写真！　いっぱい撮《と》ったし、チェックして整理しないと、メモリがいっぱいになっちゃいますよ」

「後でいい」

「いえ、こういうことは先に片づけておきたい性分《しょうぶん》ですから！」

ヴィルフリートは軽くため息をつくと、テーブルに置いてあったカメラをタブレットに接続した。

「焦《じ》らしているな」

手を動かしながら、すみれ色の瞳《ひとみ》で幹也を睨《にら》む。

「そういうわけじゃ……」

恋人になってからというもの、予想よりもずっとヴィルフリートの求愛は激しかった。ありていに言って、しなかった日が数えるほどだ。

しかも、一回が濃厚《のうこう》なんだよ……。

まあ、幹也も決して嫌《いや》ではない。最近はもう身体《からだ》が馴染《なじ》んで、ヴィルフリートに触《ふ》れられるだけで身体が綻《ほころ》んでいく。心配があるとすれば、本当に淫乱《いんらん》になってしまうのではないかというとくらいだ。

「ああ、これはいい写真だな」

タブレットの画面に映し出されていたのは、幹也がどこかの神社の手水舎《ちょうず》で口を漱《すす》いでいるところだった。跳《は》ね返った水滴《すいてき》と頭上の木洩《こも》れ日が、きらきらと輝《かがや》いている。

「えっ、いつ撮ったんですか？　あ、これも……これも」

旅の恥《はじ》はかき捨てとばかりに、居合わせた観光客に頼み込んでのツーショット写真もそれなりにあったが、それをはるかにしのぐ幹也の写真の多いこと。しかもいつの間に写したのか、まったくレンズを意識していないショットがいくつも続いた。

「フォトジェニックな幹也を前にしたら、撮らずにいられなかった」

「なにを言ってるんですか」

京都に来る前にデジタル一眼レフを買ったばかりなので、写すのが楽しくてしかたないのだろう。

「やっぱり少し整理したほうがいいですよ。同じようなのが何枚もあるし」

「シャッターを切った時間が違うんだから、まったく同じではないだろう。どれも貴重な幹也の一瞬《いっしゅん》だ」

「……は、恥ずかしいな、この人は！」

幹也は照れる自分をごまかすように、タブレットをフリックして画像をスライドさせていく。勢い余って京都の写真を終了《しゅうりょう》し、いつの間にか他《ほか》のシーンが映し出された。

「え……？」

賑《にぎ》わう通りを、ヴィルフリートと並んで歩く幹也が写っている。背景からして銀座《ぎんざ》のようだ。

「え？　なんでこんな写真……」

都内を散策中も、ヴィルフリートが携帯を取り出して撮影《さつえい》することはあったが、さすがにこれは違うだろう、本人も一緒《いっしょ》に写っている。だいたい間の人波から考えて、撮影位置はかなり離《はな》れているはずだ。

「あ、それは――」

手を伸《の》ばしたヴィルフリートに背を向け、幹也は続けて画像をスライドした――結果、さまざまな場所でさまざまな動きをしている幹也とヴィルフリートの画像がわんさとあった。いや、幹也単独のものが七割というところか。

「なんですか、これ！」

「いや、ボディガードに頼んで……」

「隠《かく》し撮り!?」

「人聞きの悪い。俺が頼んだんだから」

「俺は知りませんけど⁉」

幹也はふと、以前ヴィルフリートが言った思い出のアルバム云々《うんぬん》という台詞を思い出して、はっとした。

「……まさかとは思いますけど、部屋の中でも撮ってないでしょうね？」

ボディガードがこっそりドアの隙間《すきま》や窓の外からカメラを構えていたりしたら、嫌すぎる。

しかしヴィルフリートが微妙《びみょう》な顔をしたので、幹也はタブレットを操作して、見つけた怪《あや》しげなファイルを開いた。

「うわあっ！」

明らかに事後と思《おぼ》しき幹也がベッドに横たわっている姿が、これでもかという量で出てきた。

「いや、それこそ門外不出の、あれだ、お宝画像というやつで……いいじゃないか、残しておきたかったんだから」

幹也の剣幕《けんまく》に反省半分、言いわけ半分で肩を竦《すく》めるヴィルフリートに、苦笑《くしょう》がこぼれた。正視に堪《た》えない気持ちもあるが、画像の幹也は自分で言うのもなんだが、ひどく満ち足りて幸せそうに見えて、怒《いか》りも引いていく。

俺、ほんとにヴィルフリートが好きなんだな……。

幹也はタブレットをヴィルフリートに差し出した。

「いいですよ、取っておいても」

ヴィルフリートはほっとした顔で、いそいそとタブレットを受け取った。

幹也はカメラを手に、椅子から立ち上がる。

「お返しに、俺にも撮らせてください」

「えっ？」

目を瞠《みは》ったヴィルフリートをファインダー越《ご》しに覗《のぞ》く。

「俺だってあなたの写真が欲しいです。嫌とは言いませんよね？　さあ、脱《ぬ》いでみましょうか」

このくらいの仕返しは許されるだろう。

END

あとがき

浅見茉莉《あさみまり》と申します。この本をお手に取ってくださり、ありがとうございます。

子どものころの憧《あこが》れの職業・通訳にチャレンジしてみました。かっこいいですよね、デキる、切れ者、って感じで。幹也はインテリっぽくないふつうの男子でしたが。生活の中で言葉を覚えたタイプだからでしょうか。

そんな一般人《いっぱん》のお相手は、超《ちょう》セレブ。現代ものでここまでの貴人は初めて書いたかも。まあ、ヴィルフリートもチャラい感じではありますす。その分、見た目は精いっぱい王子さまっぽくしてみました。

モチーフは逆転『ローマの休日』だったのですが、うーん、片鱗《へんりん》も残っているのかどうか……。

ワタシ的お気に入りはカミルです。ヴィルフリートと幹也のために、今後も蔭《かげ》ながらサポートしてくれることでしょう。でも、あまり世話を焼かせないでほしい。最愛の家族のためにも。

鈴倉温《すずくらはる》先生には、可愛《かわい》い好青年と超絶美形のカップルを描《か》いていただきました。

制作に携《たずさ》わってくださったスタッフの方々にもお礼申し上げます。

読んでくださった皆《みな》さんも、ありがとうございました！　感想などお聞かせいただければ励《はげ》みになります。

またお会いできますように。

ダイヤモンド王《おう》の甘《あま》い策略《さくりやく》

浅見茉莉《あさみまり》

角川ルビー文庫　R189-1　19639

平成28年3月1日　初版発行

発行者——三坂泰二
発　行——株式会社KADOKAWA
〒102-8177　東京都千代田区富士見2-13-3
電話0570-002-301(カスタマーサポート・ナビダイヤル)
受付時間9:00～17:00(土日 祝日 年末年始を除く)
http://www.kadokawa.co.jp/
印刷所——旭印刷　製本所——BBC
装幀者——鈴木洋介

ISBN978-4-04-104045-4　C0193　定価はカバーに明記してあります。